ORIENTAL FANTASY STORY & ADVENTURE

마검
왕 15

dream
books
드림북스

마검왕 15 전리품

초판 1쇄 인쇄 / 2014년 6월 22일
초판 1쇄 발행 / 2014년 6월 30일

지은이 / 나민채

발행인 / 오영배
책임편집 / 편집부
펴낸 곳 / (주)삼양출판사 · 드림북스

주소 / 서울특별시 강북구 솔샘로67길 92
대표 전화 / 02-980-2112 팩스 / 02-983-0660
편집부 전화 / 02-980-2116 팩스 / 02-983-8201
블로그 / blog.naver.com/dreambookss

등록번호 / 제9-00046호
등록일자 / 1999년 3월 11일

ⓒ 나민채, 2014

값 8,000원

ISBN 978-89-542-4908-9 (04810) / 978-89-542-3036-0 (세트)

* 지은이와 협의하에 인지는 생략합니다.
* 잘못된 책은 구입한 곳에서 바꾸어 드립니다.

이 도서의 국립중앙도서관 출판시도서목록(CIP)은 서지정보유통지원시스템홈페이지
(http://seoji.nl.go.kr)와 국가자료공동목록시스템(http://www.nl.go.kr/kolisnet)에서
이용하실 수 있습니다. (CIP제어번호: 2014018680)

魔劍王

마검왕

나민채 퓨전무협 장편소설

ORIENTAL FANTASY STORY & ADVENTURE

15

전리품

dream
books
드림북스

목차

魔劍王

제1장

합일체(合一體)

　헬기를 노린 미사일이 본체에 충동하기 직전, 운전석 밖으로 뛰어 내릴 수 있었다.

　콰아아!

　불과 수 미터도 떨어지지 않은 바로 위에서 헬기가 폭발했다. 그곳에서 뻗어 나온 열기와 압력이 나를 덮쳤다. 바닷물에 처박히면서도 드는 생각은 섬 쪽으로 순식간에 사라져 버린 전투기들과 미사일들뿐이었다.

　해수면 위로 튀어 올랐을 때는 내가 탔던 헬기의 폭발 잔여물만 보일 뿐. 세상은, 그리고 바다는 거짓말처럼 조용하기만 했다.

하지만 나는 알고 있었다.

지금 이 순간 하늘 저편에서는 섬을 한 줌의 잿더미로 만들어 버릴 폭탄들이 가득 실린 전투기들이 마하의 속도로 날아가고 있고, 그러한 전투기들과 경쟁하듯 항모타격전단에서 발사한 미사일들 또한 섬으로 향하고 있다는 것을 말이다.

그래서 머릿속이 백지장처럼 창백해졌다.

"……."

그 하얀 도화지 위에 핏물이 번지기 시작했다. 지옥도가 펼쳐질 섬의 광경이 벌써부터 눈에 선했다.

전투기에서 투하된 폭탄과 항모타격전단에서 발사한 미사일들은 섬에 존재하는 모든 생명들을 증발시켜 버릴 거다.

내 제자 검과 권, 흑웅혈마와 운명의 끈으로 이어져 있는 리차드 청, 순박한 푸니타와 그녀의 가족들, 그리고 일백여 명에 가까운 이 세계의 혈마교도들……. 벌써부터 내 소중한 사람들의 비명 소리가 귀에서 아른거리기 시작했다.

잔인하지만, 그리고 지극히 애통한 사실은 그들을 살리기 위해 지금 할 수 있는 일이라곤 아무것도 없다는 것이다.

벌써 사라져 버린 전투기와 미사일을 따라잡을 만한 속도를 낼 수 있는 방법 따윈 없었다. 어떻게 해서든 그들을 지켜 주겠다는 내 각오는 이미 한 줌의 잿더미보다 못한 것이 되고 말았다.

　　이렇게 무력하다니. 초월적인 힘을 가졌다 자부한 주제에 제 사람들 하나 지키지 못하다니.

　　나는 아마도 나 자신을 평생 용서할 수 없을 것이다.

　　"아아악!"

　　정신을 차리고 보니, 나는 미친 듯이 발악하며 무작정 섬을 향해 뛰고 있었다.

　　바로 그때였다.

　　내 등 뒤로 음산한 기운을 풍기는 존재가 느껴졌다. 오랫동안 검집 안에서 잠들어 있던 그 녀석이 드디어 눈을 뜬 거다.

　　─크크큭.

　　녀석의 비웃음 소리가 고막으로 기어들어 와 내 머릿속 전부를 헤집고 다니기 시작했다. 차라리 고마웠다. 지금 내게 필요한 건 누군가의 비웃음이었으니까. 날 욕하고 날 처참하게 뭉개 줬으면 하는 바람까지 들었다.

　　나는 울지도, 웃지도 않는 아무런 표정 없는 얼굴로 고개를 돌렸다.

시체처럼 하얀 얼굴 위로 검은 머리칼이 내려 앉아 있었다. 녀석이 송곳 같이 날카로운 손톱으로 내 콧등을 꾹꾹 찌르며 입을 열었다.

─애송이.

녀석의 눈동자가 결코 선하지 않은 기대감으로 번질거렸다.

"너를 잊고 있었군……."

그래. 이 녀석이라면…… 흑천마검이 날 도와준다면…… 아직 끝난 게 아니다. 일말의 희망으로 다가온 그 생각이 어찌나 컸던지, 두뇌 속 뉴런이 전기 자극으로 번쩍이는 것 같다고 느낄 정도였다.

나도 모르게 힘이 잔뜩 들어간 주먹을 불끈 쥐며 놈을 바라봤다.

─조건이 있지.

흑천마검은 여전히 나를 조롱하는 듯한 눈빛과 그러한 어투로 말했다.

"네 녀석도 이 세상 물을 많이 먹었군. 조건이라니."

─아아. 조건이라기보다는 대가라고 하는 게 맞겠어.

"지금 내가 이것저것 가릴 처지가 아닌 거 알고 있잖아. 얼마든지."

─끝은 애송이 네놈이 아니라, 이 몸이 정하신다. 그것

이 대가다.

"언제 끝낼 생각이지?"

—내가 충분할 때까지. 오래 걸리진 않을 거야. 크크크크.

녀석은 붉은 혓바닥으로 마른 입술을 핥았다. 벌써부터 노골적으로 욕구를 드러내는 녀석의 눈동자를 보면서, 한시가 급하지만 이 순간만큼은 정신을 차려야겠다고 생각했다. 회한과 분노 그리고 갈망으로 들끓었던 가슴을 짓눌러 차갑게 식혔다.

지금 녀석이 하는 제안은, 나와 합일(合一)을 이루는 대신 녀석의 욕구가 충족될 때까지 적들을 죽이고 파괴 하겠다는 것이다. 얼마나 많은 사람들을 죽일지 감이 잡히지 않는다.

녀석과 처음으로 합일을 이뤘던 것은 정사대전에서였다. 그때 우리는 천 명이 훌쩍 넘는 정파 쪽 사람들의 목숨을 거뒀다. 여기에 문제가 있다.

"합일하게 되면 너와 나는 없고 '우리'라는 합일체(合一體)만 있게 된다. 끝을 정하는 건 지금이 아니고 합일체의 의지일 텐데?"

내가 그렇게 말하자, 녀석은 전혀 문제가 될 것 없다는 듯이 피식 웃었다.

―지금 이 순간, 너와 내가 그 대가에 동의를 하면 그만
이지. 크크큭.

녀석은 그간 꽤나 큰 갈증을 느끼고 있었는지 온몸이
근질거려 죽겠다는 표정을 지었다. 하지만 전적으로 녀석
의 도움이 필요한 지금, 선택지 따위는 애초에 없었다.

"빨리."

손을 내밀며 다급한 음성을 토해 냈다. 녀석의 기다란
손톱이 먼저 내 손에 닿았다. 소스라치게 놀랄 만큼 차가
운 한기가 점으로 닿았다가 이내 손 전체로, 그리고 팔을
따라 온몸으로 퍼져 나가기 시작했다.

나는 마기(魔氣)가 분명한 그 차가운 기운을 거부하지
않았다. 기운은 이내 척추를 타고 뇌 속까지 번져 가기 시
작했다. 그리고 온몸으로 가득 차오르는 강대한 힘이 느
껴졌다.

무엇이든 가능하게 만들 거대한 힘!

폭격에 고스란히 노출된 섬을 향한 걱정은, 그 순간 사
라졌다.

조바심으로, 애통함으로 미칠 듯이 뛰던 심장은 차분히
가라앉는 대신 미칠 듯한 기대감으로 피가 뜨겁게 달아오
르는 것이었다.

아직까지는 내 의식은 온전했다. 내 손을 붙잡고 잔인

한 미소를 짓고 있던 흑천마검 인간형이 점점 흐릿하게 변해 갔다.

육감이라고 해야 좋을까. 또 하나의 시각이 생겨났다. 거의 찢어진 하얀 마스크 아래 다부진 입술을 닫고 있는 한 남자가 나를 바라보고 있다. 그는 다름 아닌 나. 지금 내 눈앞에 펼쳐진 이 광경은 흑천마검의 시각이 분명했다.

두 개의 시각이 하나로 합쳐지기까지는 그리 오래 걸리지 않았다.

하나로 합쳐지는 순간.
나는……
'우리'가 되었다.

검에 갇혀 있을 때에는 느낄 수 없었던 기운이 합일을 이루면서 온몸에 가해졌다. 이 순간만큼은 태초부터 존재했던 우주의 진리들이 이 합일체 안에서 현존하고 있다. 형용할 수 없는 희열이 짜릿하게 머리끝까지 올라와 우리의 입꼬리를 말아 올렸다.

정사대전에서 합일을 이뤘을 때보다 더 생생한 자극들

이 느껴졌는데, 이것은 합일체의 두 존재 중 하나가 그때보다 발전이 있었기 때문인 것 같다.

"크크크……."

우리는 기분 좋은 웃음을 흘리며 섬 쪽의 상황을 파악하기로 했다. 전보다 발전된 합일체가 되었던 탓에 우리의 시각은 공간을 초월할 수 있었다.

잔잔한 해수면이 지워지고 그 위로 리차드 청의 얼굴이 잡혔다. 그리고 시야는 더 확대되기 시작했다.

리차드 청은 노트북을 움켜쥐고 있었고, 그의 노트북 모니터에는 연합사령부의 레이더 모니터를 해킹한 것이 분명한 화면이 띄워져 있었다.

그리고 네이비씰 6팀이 침투했을 때 착용했던 장비들로 무장을 갖춘 네 남자, 제자 팀과 알렉스 그리고 용병이었던 밀튼과 마이크가 리차드 청 주위에서 심각한 표정으로 서 있었다.

"미사일 열여섯 기, 전투기 스무 대가 접근 중. 예상 폭격 시간까지 1분……."

리차드 청이 거의 신음에 가까운 어조로 입을 열었다.

"1분! 1분이라고?"

팀이 리차드 청의 어깨를 부여잡으며 외쳤다. 알렉스는 이 급박한 상황에도 동요하지 않고 미사일이 날아오고 있을 방향으로 고개를 돌렸다. 체념이라기보단 순응에 가까운 표정이었다.

반면에 밀튼과 마이크는 양손으로 얼굴을 덮으며 절망을 온몸을 표현했다.

"이게 무슨 반응들이야! 곧⋯⋯. 곧 교주님께서 폭격을 저지한다! 다들 봤잖아. 섬으로 날아오던 미사일들이 어떻게 됐는지! 이것들도 곧 레이더망에서 사라진다. 사라진다고."

팀이 말했고.

"짧지만 제대로 살았어, 우리. 누구도 몰랐던 진실을 우리는 겪었으니까."

알렉스가 담담하게 말했다.

"닥쳐."

"여기까지인 것 같다."

알렉스의 그 말에 팀은 알렉스에게 주먹이라도 날릴 듯 어깨를 크게 젖혔지만 리차드 청의 30초, 라는 짧은 말 한마디에 그의 어깨가 축 늘어졌다.

푸니타와 그녀의 가족들은 이 절체절명의 위기 속에서 어떻게 하고 있을지가 궁금했다. 그들은 저택 뜰에 급히 만든 방공호에 있었다. 푸니타의 오빠들은 밀 포대 밖으로 총을 꺼내 해안가 쪽으로 총구를 겨누고 있었고, 푸니타는 하염없이 하늘을 바라보고 있는 중이었다. 그러던 중 푸니타가 손을 뻗어 하늘 저편에서 반짝인 뭔가를 가리켰다.

저택 안에 있던 사람들, 밖에 있는 사람들 할 것 없이 모두 그것을 목격했다. 여섯 개가 무리지어 빠른 속도로 날아오고 있는 그것은 당연히 철새 같은 것은 아니었다.

이제 우리들의 시선은 다시 리차드 청 쪽의 무리로 옮겨졌다.

"미사일!"

창문 쪽에 붙어 있던 용병 마이크가 제일 먼저 외쳤다.

"역시 안 되는 거였어. 흐흐. 항모타격전단을 상대하겠다니……. 내가 뭐랬어."

마이크가 흐느끼듯 중얼거렸다.

"그래도 고통스럽게는 죽지 않겠어! 안 그래들? 멋지게 산화하는 거다!"

밀튼이 호기스럽게 외쳤지만, 정작 그의 얼굴은 사색이 되어 있었다.

리차드 청의 손이 바빠졌다. 그는 그를 폭발시켜 버릴 미사일 따위엔 관심 없다는 듯 더 바빠진 손놀림으로 키보드를 치기 시작했다. 팀이 마이크를 쳐다봤고, 마이크는 처음으로 희미한 미소를 지었다. 비로소 팀도 격앙된 표정을 지우며 차분하게 의자에 앉아 담배를 하나 꺼내 물었다. 팀은 담배에 불을 붙이고, 세상에서 제일 귀중한 보물을 주는 듯한 태도로 알렉스에게 그것을 건넸다. 그렇게 모두들 저마다의 방식으로 죽음을 기다리고 있었다.

조금만 늦었더라면 모두 죽고 말았겠군, 우리는 그렇게 생각했다. 그 생각을 끝으로 검을 들어 허공을 수직으로 그었다.

스윽.

허공이 베어지면서 공간도 함께 벌어졌다. 벌어진 틈으로 저택 정면으로 펼쳐진 해안가의 풍경과 함께 방공호 뒤에 숨어 있는 푸니타가 보였다. 마치 혜성을 구경하는 것처럼 미사일을 바라보고 있는 그녀의 눈동자 속에는 그녀가 짧지 않게 살아온 그녀의 인생들이 펼쳐지고 있는 중이었다.

우리는 벌어진 공간으로 몸을 밀어 넣었다. 우리를 보고 놀란 푸니타를 향해 멋지게 고개를 한 번 끄덕여 준 다음 몸을 돌렸다.

선두에 있던 미사일 한 기가 비스듬히 지면으로 내리꽂는 광경이 느린 화면처럼 펼쳐졌다. 우리가 손을 휘젓자, 그것은 태풍에 휘말린 꽃잎처럼 방향을 꺾어 먼 바다로 날아가기 시작했다.

"교, 교주님! 교주님이시죠!"
우리의 등 뒤로 푸니타의 목소리가 울려 퍼졌다.

*　　　*　　　*

태초에 우주는 단 하나였다.

그러던 우주가 분화하고 차원들이 생성되기 시작한 것
은 지적 생명체라 자부하는 존재들이 탄생하면서부터였
다. 우주가 그것들을 왜 탄생시켰는지는 우리로서는 알
길이 없다. 다만 분명한 것은, 그것들이 의지를 가지고 행
동하면서 우주가 분화하여, 헤아릴 수 없는 차원이 지금
도 생성 중이라는 사실이다.

우리는 여러 차원에서 많은 이름들로 불렸다. 누구는
우리를 신이라 하였고, 누구는 우리를 악마라 하였으며,
누구는 우리를 자연의 법칙이라며 숭배하였다.

흑천마검으로, 정진욱으로 불렸을 때는 지극히 불완전
한 존재였지만 이렇게 우리가 이룬 작금의 합일체는 보다
'완전'에 가까워졌다. 물론 여러 차원에서 신이라 불렸었
던 만큼 완전하지는 않지만, 이 세상에서만큼은 그리 불
려도 손색이 없으리라. 이 세상에는 우리를 능가하는 영
적인, 실물적인 존재가 없으니까.

굳이 따지자면…….

이 세상이 이룩하고 있는 과학 문명이 바로 그것이라 할 수 있다.

이 세상의 지적 생명체들은 태초의 우주를 탐구해 왔다. 이 세상에서 고대라 불리던 때에는 철학으로 접근했던 반면에, 근래에는 발전을 거듭하며 과학 문명을 탄생시켰다.

먼저 말했듯이 우리는 여러 이름으로 수없이 많은 세상에 있었다. 그러나 이 세상에 왔을 때 우리는 이 세상의 과학 문명에 적잖이 놀랄 수밖에 없었다. 하지만 놀라움은 잠시뿐, 곧 기쁨으로 변했던 것 같다.

배고픔에 허덕일 필요가 없으니까. 차원을 떠돌 필요가 없으니까.

이 세상에는 우리의 허기를 채울 게 잔뜩 있다. 이 세상 인간들은 그것을 '핵'이라고 부르고 있었다.

완전했던 우리가 무슨 연유로 불완전하게 되었는지, 그리고 언제부터 불완전의 증거가 된 허기를 느끼게 됐는지는 정확히 기억나지 않는다. 다만 불완전하게 되어 버린 이후로는, 언제나 굶주리게 되었고 차원을 떠돌 수밖에 없었다.

불완전.

그것은 지극히 슬픈 일이다.

머물렀던 많은 세상 중에, 어떤 세상에는 흑룡이라 불리는 존재가 있었다.

그 세상의 인간들은 우리가 모습을 드러내기 전까지 흑룡을 신으로 숭배했다. 구름을 뚫고 나와 쩌억 입을 벌리면 거기에서 모든 것을 태울 화염이 쏟아져 나왔으니, 무매한 인간들로서는 흑룡이 신으로 보일 수밖에 없었을 것이다.

그 세상 인간들의 생사는 흑룡의 기분에 달렸었다. 흑룡의 기분이 좋지 않은 날에는 유유히 하늘을 날며 화염으로 지상을 불태웠다. 인간들로선 언제고 자신들을 죽일 수 있는 흑룡이 두려웠고 그 힘을 숭배했던 것이다.

"크크크……."

우리를 향해 떨어지고 있는 미사일들을 보니, 문득 그 세상의 흑룡이 떠올라 웃음이 흘러나왔다.

흑룡의 울음소리보다 미사일의 제트 엔진 소리가 더 크고, 흑룡이 하늘을 나는 속도보다 미사일의 추진 속도가 더 빠르다. 비교할 수 없을 정도다. 더욱이 미사일의 폭발력 앞에 흑룡이 내뿜는 화염은 조족지혈(鳥足之血)에 불과하다. 그렇게 미사일 한 기는 모든 면에서 흑룡보다 우월

하다.

그 세상 사람들이 미사일과 마주할 기회가 있었다면, 미사일을 신으로 여겼을까. 하물며 핵폭탄은?

"참으로 재미있는 세상이야…… 크큭."

어떤 세상에서 신이라 숭배했던 존재보다 강한 파괴력을 지닌 무기 수천만 개가 비축되어 있는 곳, 지금 이 순간에도 끊임없이 만들어지고 있는 그곳이 바로 이 세상이다.

팔을 들었다.

슈우우욱.

팔에서 뻗친 기운이 푸른 형상을 띠며 다섯 갈래로 갈라졌다.

매섭게 내리꽂던 미사일 다섯 기를 향해 각각 뻗어 나갔다. 그러고는 넝쿨이 얽히듯 그것들을 옭아맸다. 제트엔진으로 불꽃 꼬리를 달며 날아오던 미사일들은 추진력을 잃고 허공에 멈춰 섰다.

이 미사일 다섯 기를 왔던 곳으로 보내 줄까, 하고 잠깐 생각했다. 항모타격전단의 이지스 방호 시스템이 제 아무리 대단하다고 한들, 벌어진 공간에서 갑자기 나타난 미사일들까지 막아 낼 수는 없는 법이다.

그러나 문득 떠오는 생각에 고개가 저어졌다.

"아니지, 아니야. 항모의 원자로가 망가져선 안 되지. 그렇고말고. 크크큭."

오랜만에 배를 가득 채울 생각을 하니, 벌써부터 입 안에 침이 고였다.

미사일들을 모두 땅에 내려놓고선 하늘로 뛰어 올랐다. 배를 채우기 전에 섬으로 다가오는 전투기들을 먼저 처리하기 위해서였다.

구름을 뚫고 올라오면서, 푸니타와 그녀의 가족들이 조심스럽게 해변에 놓인 미사일에 접근하던 광경 또한 사라졌다. 땅 밑에서 우리를 애타게 찾는 목소리들이 들렸지만 무시하고, 전투기가 다가오길 기다렸다.

한 폭의 수채화처럼, 구름이 아름답게 깔린 하늘 위의 광경은 평온하기 짝이 없다. 드디어 불나방이 되어 버릴 전투기 무리가 모습을 드러냈다. 전투기들은 제 운명을 아는지 모르는지 날아오던 속도 그대로 나를 향해 다가오고 있었다.

[본부! 본부! UMA(미확인 생명체) 발견. 직, 직접 보고도 믿지 못하겠지만……. 사람으로 추정되는데…… 내 앞에 있다. 내가 환각을 보고 있는 건가?]

[이글 101. 환각이 아니다. UMA를 요격하라.]

제일 선두에 선 전투기 조종사와 항모타격전단 사령부

의 무전 소리가 바로 코앞에서 말하는 것처럼 들렸다.

[대체 무슨 일이 벌어지고 있는 거야. 설명을 해 봐! 설명을!]

[연안경비대 함정을 침몰시킨 것으로 추정되는 UMA. 바로 직전에 이글 105가 목격 보고, 본부에서 확인. 전대 모두 UMA를 요격하라.]

[요격하겠다.]

무전은 거기에서 끝났다.

"오, 젠장…… 하느님……."

선두 조종사가 그렇게 중얼거리는 소리 뒤로 전투기 미사일 시스템이 내는 전자음이 띠딕띠딕, 하고 이어서 들려왔다.

전투기 날개 하단부에 장착되어 있던 대공 미사일이 기체에서 떨어져 나왔다. 그 대공 미사일 두 개가 정확히 우리를 노리고 날아오기 시작했다.

전투기 조종사의 빠른 처리 능력에 박수를 보내고 싶었다. 마사일이 우리를 향해 날아오고 있다는 것은, 그 짧은 사이에 전투기 조종사가 레이더 노이즈(새를 비롯한 생물체를 레이더망에서 거르는 시스템) 연락을 끝마쳤음을 뜻했다.

탓!

탄지(彈指)를 튕겼다. 손톱보다도 작은 형상인 탄지 두 개가 미사일과 충돌하여 허공에 큰 폭발을 일으켰다. 추가로 후속 미사일들이 날아왔지만, 마찬가지로 우리의 몸에 닿기도 전에 바다로 떨어지거나 허공에서 터지며 순서대로 하나씩 자취를 감췄다.

쉬아아앙.

전투기 편대는 굉음을 내면서 비스듬히 기체를 기울여 고도를 높였다.

[본, 본부. 레코딩을 확인하였나?]

[하고 있는 중이다.]

[이제 육안으로 확인한다. 제, 젠장. UMA는 멀쩡하다. 요격에 실패했다. 우리가 상대하는 저것의 정체가 뭔가?]

[확인 중에 있다.]

[접근! 지금 내 앞에 있다. 찢어진 하얀 마스크. 입이 웃고 있다. 아악!]

편대 선두 전투기에 올라탄 우리는 조종석 보호 창을 뜯어내고 조종사와 뒤편의 부조종사 목을 동시에 움켜쥐었다.

손아귀로 두 인간의 맥박과 온기를 느껴진다. 손에 힘을 주자 산소마스크와 안면 보호구 안으로 피가 번지는 게 보였다. 숨을 크게 들이쉬자 달달한 피 냄새가 코 속 점막을 자극했다. 실로 오랜만에 맡는 그 향기에 콧구멍이 벌렁거렸다. 그리고 뱃속은 벌써부터 꿀럭거리며 아우성이다.

우리는 어느새 죽어 버린 두 인간들을 향해 말했다.

"이제 시작이야."

근사한 저녁 만찬이 우리를 기다리고 있다. 항모에 주둔 중인 해군 수천 명은 반찬으로 삼고, 원자로의 에너지를 밥으로 삼으면 아주 제격인 것이다.

여기에서 시간을 오래 끌 이유는 없지.

그렇게 생각한 우리는 추락하기 시작한 전투기에서 빠져나왔다.

사방을 둘러보니 전투기 편대가 상어를 만난 물고기 떼마냥, 뿔뿔이 흩어지고 있는 중이었다. 하나하나 쫓아가서 베어 무는 것도 흥미롭겠지만 그것보단 그물을 치기로 결정했다.

잠깐 눈을 감았다 뜨고 나니, 하늘 전체가 우리가 펴트린 기운으로 일렁거리고 있었다. 잔잔한 바다를 보는듯한 이 아름다운 광경을 깨트린 건, 사정없이 터져 대는 전투기들의 폭발음이었다.

전투기가 도망치는 속도보다 우리가 그물을 친 속도가 더 빨랐다. 그물에 걸린 전투기는 어김없이 폭발했고, 산산조각 난 잔해물들이 불꽃과 함께 해상으로 떨어졌다.

이제 하늘에 남은 전투기는 없었다. 생명들이 꺼지면서 남긴 진기들만이 부유하고 있을 뿐이었다. 우리는 크게 숨을 들이마셔 그것들로 조금이나마 배를 채우고자 했다.

"쩝. 역시……."

고작 쉰너댓 명의 진기로는 간에 기별도 가지 않는다. 내공을 키우지 않은 이 세상 인간들은 저쪽 세상의 인간들보다 질이 보잘것없었다.

똑같이 태초의 우주를 탐구하면서, 저쪽 세상에서는 내공으로 대표되는 인간 안의 우주를 찾는 방법이 발전 했고, 이쪽 세상에서는 인간 밖의 우주를 찾는 방법이 발전했다.

우리는 항공모함에 있는 원자로를 기대하면서 검으로 공간을 갈랐다.

스윽.

갈라진 틈으로 얼굴을 들이 밀었다. 시선을 살짝 아래로 내렸다.

항모타격전단이 만들어 낸 장대한 광경이 펼쳐졌다. 항모를 중심으로 양 날개에 이지스 순양함 2척을 두고, 꼬리에는 탄두와 보급품을 실은 보급함이 따르고, 사방으로 구축함 4척이 전단을 호위하며, 멀지 않은 하늘 위에는 호크아이가 레이더 원판을 돌리며 날고 있었다.

'항모 자체의 방어 수단은 20mm 팰렁스와 시스패로우 발사대가 전부지. 하지만 항모타격전단 하나가 일국(一國)의 해군력을 능가하는 이유는 항모의 이지스 전투체계 때문이다.'

푸니타에게 했던 마이크의 설명대로, 항모의 방공망은 대단하다.

호크아이를 비롯한 초계편대가 항모타격전단에 위협이 되는 시설물이나 군사 무기를 발견하는 즉시, 항공모함에선 F—22같은 스텔스기를 비롯한 전투기들이 출격하고 이지스 순양함과 구축함에선 토마호크 미사일을 날려 일대를 초토화시킨다.

이 세상에서 우리를 제외하면 항모에 접근할 수 있는 존재가 거의 없다고 해도 과언이 아니리라.

*　　　*　　　*

선체 길이만 400미터에 육박하는 항공모함의 갑판 위.

우리는 우두커니 서서 주위를 둘러봤다. 출격 대기 중인 전투기들의 엔진 소리가 요란한 가운데, 분주하게 움직이고 있는 갑판 요원들은 아직까지 우리의 등장을 눈치채지 못하고 있었다.

항공모함에는 일만 명에 가까운 장병들이 상주하고 있다. 어지간한 소도시에 해당하는 인구수가 있다는 것인데, 때문에 장병들의 일상생활에 필요한 모든 시설들이 항모에 존재하고 있다. 병원, 체육관, 우체국, 교회, 상점, 이발소 그리고 쓰레기 처리장까지.

항모에 붙은 '움직이는 바다 위의 도시'라는 수식어는 과연 과언이 아니었다.

"침투자 발견!"

드디어 우리를 발견한 갑판 요원이 있는 힘껏 외쳤다. 넓은 활주로 위에 우두커니 서 있었으니 발견하지 못하면 그게 이상한 일이었다.

전투 전에 익혔던 매뉴얼대로 갑판 요원들은 그들의 임무에 맞는 유니폼을 입고 있었다. 발함 장교는 녹색 헬멧과 황색의 라이프 조끼를, 항공기 유도원은 황색 헬멧과 라이프 베스트를, 정비 요원은 녹색 헬멧과 라이프 베스트를 착용하고 있다.

그러니까 우리를 발견한 갑판 요원은 항공기 유도원인 것이다. 섬으로 두 번째 출격을 준비하고 있었던지, 항공기 유도원들은 분주하게 움직이고 있었다.

대개의 갑판 요원들은 무기를 장비하지 않았다. 갑판에 침입자가 나타날 확률이 미비하기 때문인 것 같다. 스패

너를 움켜쥔 채로 우리에게 접근하고 있는 정비 요원들을 보고 있노라니 코웃음이 났다. 다만 그들은 완전히 가깝게 접근하지 않고 엄폐물을 찾아 그곳에 대기하는 형태를 취했다.

위이이잉.

오래 지나지 않아 사이렌 소리가 항모 곳곳에서 울리기 시작했다.

우리는 이들의 반응이 궁금했다. 그래서 팔짱을 끼고 우두커니 서서, 항모 곳곳을 살펴보기만 했다. 족히 백여 기가 넘는 전투기들이 태양 아래 찬란하게 빛나고 있고, 활주로는 먼지 한 톨 없이 깨끗한 자태로 휑 뚫려 있다.

시선을 조금만 돌리면, 그렇게 멀지 않은 해상 위로 항모를 호위하고 있는 순양함과 구축함들의 모습이 보였다.

"엎드려! 발포하겠다!"

자동화기로 무장한 장병들이 우르르 몰려왔을 때였다. 한 개 분대 정도 되는 인원이었다. 그들 이후로도 추가로 몇 무리들이 달려 나와 우리를 에워쌌다. 저 멀리 함교 위에서는 우리를 겨냥하고 있는 저격수들도 있었다.

그들 모두는 우리가 양손을 머리에 댄 채 바닥에 배를 깔고 엎드리길 기다리고 있는 중이었다.

"크크크……."

하지만 우리는 그저 웃음만 나왔다.

입을 다물고 단전에 깃든 기운을 끌어 올렸다. 일순간 몸 전체를 뜨겁게 달궜던 기운들이 몸 밖으로 뻗쳤다. 그렇게 우리를 중심으로 한 기풍(氣風)이 사방으로 사정없이 몰아쳤다.

장병들 모두가 반사적으로 눈을 질끈 감은 그때.

휘와와와왕!

태풍이 되어 버린 기풍은 그들의 무기를 모두 빼앗아 버렸다. 수백 미터 밖에 있던 저격수들이라고 예외는 아니었다.

이윽고.

기풍이 잔잔해졌다.

그들이 눈을 뜰 수 있게 되었을 때, 모두들 경악에 물든 얼굴로 변해 온몸을 파르르 떨었다. 갑판 위에는 남아 있는 것이 없었다. 바다로 날아간 건 그들의 무기만이 아니었다. 갑판 위에 있던 모든 전투기들 또한 눈 깜짝할 사이에 바다 아래로 사라져 버렸다. 그렇게 깨끗했던 활주로는 온갖 스크래치들만 자리하고 있었다.

항모 장병들은 우리가 자비를 베풀어 잠깐 살려 주었다는 것을 아는지 모르는지, 함교 쪽을 흘깃흘깃 쳐다보는 게 다였다. 상식을 벗어난 초현실적인 광경을 목도한 그들은 그렇게 훈련받고 숙지했던 매뉴얼들을 모두 잊은 듯했다.

우리가 한 발자국 앞으로 내딛자 우리 앞에 있던 장병들은 자신들도 모르게 옆으로 길을 비켜섰다. 그러고는 곧 자신들의 실수를 깨달았는지 주먹을 움켜쥐며 얼굴을 일그러트렸다.

그것이 다였다. 함교 후미 쪽에서 무장을 한 장병들이 중대 단위로 응원 오고 있었음에도 불구하고, 누구 하나 우리를 막는 자가 없었다.

탓.

우리는 발목을 튕겼다. 높게 솟구쳐 내려앉은 곳은 함교 위였다.

함교에서 내려다본 갑판 위의 광경은 휑하기 그지없었다. 후미 아래에서 개미 떼처럼 밀려나오고 있는 장병들의 모습만 보일 뿐이었다. 장병들이 우리를 쫓아 화기를 겨눴지만, 그때 우리는 첫 번째로 눈에 들어온 유리창을 깨고 실내로 들어가고 있었다.

실내에는 항모 장교와 장병들이 상당했다. 장교들은 권총을 꺼내들고, 모니터 앞에 앉아 있던 장병들은 의자에서 튕기듯 일어났다.

"너, 넌!"

나와 눈이 마주친 장교가 아주 잠깐의 망설임 뒤에 권총 방아쇠를 당겼다.

빠앙!

소리는 굉장했으나, 정작 총탄의 속도는 슬로우 화면만큼이나 느릿하게 느껴졌다. 우리는 총탄의 궤적을 바꿨다. 우리를 향해 날아오던 총탄은 급선회해서 우리를 쏜 장교의 이마에 박혔다.

장교 하나가 이마에 구멍이 난 채로 뒤로 나자빠지고, 그 뒤에 있던 모니터들에 장교의 피가 흩뿌려졌다.

그러자 나머지 장교들은 기계적으로 방아쇠를 당겼다.

빠앙! 빠앙! 빠앙!

여러 번의 총성이 울렸다. 그러고 난 다음에 쓰러진 사람들은 우리가 아니라 어김없이, 권총을 발사한 그들이었다.

실내로 들어온 후 몇 초 사이에 실내에 있던 장교 모두가 죽어 바닥에 즐비했다. 그제야 상황이 파악된 장병들은 양팔을 번쩍 들었다. 살려 달라는 목소리들이 여러 명에게서 들려왔다.

실내에는 방송국에 온 듯한 착각이 들 정도로 많은 수의 모니터가 설치되어 있었고, 여러 화면들이 분할돼서 띄워져 있었다.

항모 갑판 위, 컨트롤 타워와 컨트롤 베이, 엔진 샵, 함체 아래에 있는 장병들의 시설물들을 잡은 화면들도 있었지만, 이들이 중점적으로 살펴보고 있는 화면은 대형 모니터에 잡혀 있는 기록 영상이었다.

항모에 오기 전, 우리가 처리했던 편대의 선두 전투기에서 찍은 영상이 확실했다. 하늘 위에 꼿꼿이 서 있는 우리를 향해 미사일 두 개가 날아갔다. 폭발이 있었고, 기체가 고도를 높이면서 화면 또한 하늘만 보여다. 그러다 갑자기 나타난 우리가 웃으면서 화면으로 손을 뻗었다. 그리고 영상은 다시 처음으로 돌아갔다.

다른 분할 화면에는 네이비씰 6팀이 섬에 침투하면서 찍었던 작전 영상과, 연안경비대 구축함에서 보내 준 것이 분명한 영상들이 펼쳐지고 있었다.

즉, 우리를 찍었던 모든 영상들을 이곳 모니터링 룸에서 다루고 있던 중인 것 같다.

"여긴 모니터링 룸인지?"

우리가 한 장병을 향해 물었다.

지지직.

전략 지도가 큼지막하게 띄워진 모니터를 비롯한 대다수의 모니터들에 내 음성을 따라 노이즈가 일었다.

"그, 그렇습니다."

그가 벌벌 떨면서 대답했다.

"크크. 우리를 직접 본 소감이 어때? 굉장하지?"

"예?"

멍청하게 반문한 대가로 그의 목을 꺾은 다음, 다른 장병의 목을 움켜쥐었다.

"함장은?"

대답이 없었다. 하지만 목을 쥔 손아귀에 힘을 싣자 장병의 목소리가 곧 바로 튀어나왔다.

"함장실! 함장실은 위층에!"

그맘때쯤 우리를 쫓아온 항모 장병들이 모니터실 안으로 쏟아져 들어왔다. 바닥에 낭자한 선혈, 이마에 구멍이 뚫린 동료들, 피가 튀긴 모니터들. 장병들은 지옥도가 펼쳐진 모니터실 안의 광경을 보고 이맛살을 구겼다.

누구는 내게 총탄을 세례를 먹이고 싶은 표정이었고, 누구는 사색이 된 얼굴로 어깨를 부르르 떨었다. 곧 그들이 쉽사리 움직이지 못하는 이유가 내 손아귀에 붙잡힌 그들의 동료 장병 때문이라는 것을 깨달았다.

콰직.

손아귀에 힘을 주자 얼굴로 피가 튀겼다. 축 늘어진 장병을 손에 놓는 그 순간, 항모 장병들은 기다렸다는 듯이 방아쇠를 당겼다.

드르르르륵! 드르르르륵!

연사된 총성과 매캐한 화약 냄새가 실내를 가득 채웠다. 모니터와 집기들의 파편이 아무렇게나 튀겨 대기 시작 했고, 장병들은 악에 받친 듯 탄창이 빌 때까지 총탄을 퍼부었다.

그러나 그 어떤 것도 강기를 뚫지 못하고 바닥으로 떨어지기만을 반복했다. 총성이 멈췄을 때, 내 주위에는 쓸모없어진 총탄만이 가득했다.

"낄낄."

그렇게 웃는 우리를 보며 누군가는 괴물이라고 외쳤다. 또 누군가는 하나님을 찾았다. 이들의 생사는 이제 우리에게 달렸다. 어떤 세상의 흑룡(黑龍)이 그랬듯이, 입을 쩌억 벌리면 모두 한 줌의 잿더미로 변하게 될 것이다.

하지만 웬일인지 이제는 흥미가 가셨다. 인간들의 미약한 진기보다도 발 밑바닥에서 꿈틀거리고 있는 원자로의 거대한 에너지가 우리에게 계속 손짓하고 있기 때문인 것 같았다.

총탄 세례 중에 멀쩡한 의자 하나가 눈에 띄었다. 우리는 거기에 앉아, 지휘관급으로 보이는 장교를 집게손가락으로 가리켰다.

우리의 가리킴을 받은 장교는 장병들에게 발사 중지,

라는 뜻으로 주먹을 쥐어 보였다. 그러고는 우리에게 소
총을 겨눈 채 조심한 발걸음을 뗐다.

"인간."

우리가 입을 열었다.

"괴, 괴물……."

휘익.

손가락을 한 번 튕기자, 날아간 탄지가 그의 소총을 산
산조각 냈다. 깜짝 놀라 몸을 숙였던 장교는 슬그머니 허
리를 피며 용기를 냈다.

"대화를 원하면 정체를 밝혀라. 넌…… 인간이 아니
다."

"이왕이면 함장이 자발적으로 넘겨주는 게 좋겠어."

끼익끼익.

우리는 앞뒤로 흔들리는 등받이의 리듬을 즐기며 말했
다.

"무, 무슨 소리를 하는 거냐."

"함장을 데려와. 아니면 우리가 갈까? 마음이 바뀌기
전에 서두르는 게 좋을 거야, 인간. 우리는 꽤나 변덕쟁이
거든. 크크."

음성에 섞여 나온 음산한 기운 때문일까. 우리를 바라
보고 있는 인간들은 우리를 '악마'라 여기는 표정을 지었

다. 몇몇 장병이 십자가 목걸이를 풀러 총 대신 쥐는 장면을 볼 수 있었다.

"1분이 지나면 우리는 이 자리에서 일어나게 되겠지. 그때는 대화란 없다. 인간."

장교는 고민하는 얼굴이었다.

그렇다고 우리를 다시 공격할 엄두도 못 내고 있었다. 하지만 어떻게 보면 그는 그의 임무를 성공적으로 수행하고 있다 할 수 있었다.

장교와 짧은 대화를 하는 그 사이, 모니터실 밖으로 항모 장병들이 대열을 마친 것이 느껴졌다. 함교 3층과 4층 그리고 갑판에 전투 가능한 모든 병력들이 모였다.

육천을 조금 넘는 수다. 고개를 돌려 깨진 창밖 너머를 쳐다봤다. 어디서 이 많은 인간들이 기어 나왔나 싶을 정도로, 갑판 위가 인간들로 빼곡했다. 순간적으로 인 살육 충동에 몸이 움찔거렸다.

원자로의 에너지가 목적이지만……. 인간들이 워낙에 많아야지.

입안에 가득 고인 침을 꿀꺽 삼켜 넘겼다.

"1분이 지났군."

우리는 자리에서 일어났다.

철컥.

소용없다는 것을 직접 봤으면서도 무지한 인간들은 우리에게 또다시 총구를 겨눴다.

"자비를 베풀었는데 멍청하긴."

우리의 양 손바닥 위로 내력이 형체를 띠며 집약되기 시작했다. 조그만 했던 구가 인간의 얼굴만 하게 커졌다.

"크흐흐……."

이 두 개의 강기는 이제 육천 마리의 굶주린 아귀(餓鬼)로 변해, 항모에 존재하는 모든 생명들의 목을 뜯고 그 피를 빨 것이다. 살려달라는 애원조차 하지 못하고, 울부짖는 비명만이 지옥선(地獄船)에 가득할 것이다.

그 순간,

"기, 기다리시오!"

굵은 음성 하나가 장병들 사이에서 튀어나왔다.

제2장

공간을 찢어서

　"존 C. 스테니 함의 함장인 하워드 대령(Captain)입니다."

　호위병들의 만류에도 불구하고 내 앞에 나선 이는 퇴역을 앞둔 것이 분명한 노년의 군인이었다.

　강기가 무엇인지 알지 못하면서도, 그 위험을 본능으로 인식했던 것일까. 그는 자신의 신분을 밝힌 뒤, 내 양 손바닥 위에서 일렁거리는 강기를 불안한 눈길로 쳐다봤다.

　우리는 강기를 단전 안으로 갈무리하면서 다시 의자에 앉아 등을 기댔다.

　끼익끼익.

정적이 감도는 가운데 의자만이 앞뒤로 움직이며 요란한 소리를 내고 있었다.

우리는 발을 꼬고 팔짱을 낀 채 함장을 훑어봤다. 함장의 곁에 선 장병들은 그런 우리의 눈빛에 몹시 불안했는지 더 강하게 총을 움켜쥐었다. 여차하면 발포하겠다는 것이다.

우리는 그런 그들을 향해 입꼬리를 말아 올린 다음 함장을 향해 말했다.

"문득 그런 기분이 들었어. 너희 인간들에게 자비를 베풀고 싶다고. 1초만 늦었어도 이 함선의 모든 생명은 전부 사라졌지. 크크."

굳이 자비를 베풀 필요는 없지만 지금 우리의 기분이 그랬다.

"대화에 앞서 묻고 싶은 게 있습니다."

고개를 한 번 까닥였다.

"귀하의 정체는 무엇입니까? 다만 인간의 형상을 띤 것으로 보입니다만."

"우리는 여러 이름으로 불렸지. 신이니 악마니 뭐니 하면서."

신, 악마라는 단어가 우리 입에서 나오자, 함장을 비롯한 실내의 모든 장병들의 머리 위에 느낌표가 떠올랐다.

다들 우리 말을 믿는 것 같았다.

그런데 모니터에 비친 우리는 찢어진 하얀 마스크를 쓰고 있었다. 얼굴에 튀긴 붉은 핏방울들 때문에 흉측하게 보였는데, 아마도 그것 때문에 이들은 우리를 악마라고 여기고 있지 않을까.

"그런데 함장, 저 총들 좀 치우지 그래? 우리 마음이 바뀌기 전에 말이야."

함장은 뒤를 향해 고개를 끄덕여 보였다. 장교들까지 나서서 장병들을 눈빛으로 재촉한 끝에 겁먹은 장병들은 천천히 총구를 내렸다.

"악마……. 귀하가 보여 준 능력을 보면 그 말을 믿을 수밖에 없겠습니다. 그런데 말입니다. 왜 그대와 같은 존재가 미합중국을 적대하는 것입니까?"

"지금 너희들의 대통령이 보고 있는 중이지? 백악관에서 근사한 의자에 앉아 참모들과 함께."

우리는 특전 장교들의 전투 헬멧에 달린 소형 카메라를 가리켰다. 함장은 잠깐 망설이는 듯했지만 바로 그렇다고 대답했다.

"대통령. 피를 보길 원한 건 너희들이 먼저였다. 너희들이 폭격하려고 했던 그 섬 말이야. 실은 우리 교단의 사원이었단 말이지. 크크큭."

"오해가 있는 것 같습니다. 우리의 목표는 귀하의 사원이 아니라 테러리스트였습니다."

"그거 가져와."

함장의 왼쪽 귓속에는 소형 이어폰이 숨겨져 있었다.

"앵무새보다는 대통령이라는 놈과 직접 대화를 하겠어."

함장이 뭐라고 입을 열려던 그때 우리는 마음 바꿨다.

구태여 이어폰 따위를 쓸 필요가 없었다. 우리가 한 손에 움켜쥐고 있던 검을 치켜들자, 긴장을 유지하고 있던 장병들이 곧바로 총구를 겨눴다.

"잠깐. 여기."

함장은 침착하게 자신의 귀에서 소형 이어폰을 꺼냈다.

"늦었어."

우리는 대답과 함께 검을 비스듬히 그어 내렸다.

"쏴!"

누군가 외쳤고.

놀란 장병들이 방아쇠를 당기면서 총성이 시끄럽게 울려 퍼지기 시작했다. 수백, 수천 발의 총탄 중 그 어느 것 하나 우리의 몸에 닿지 않았다. 그러다 총성이 멈췄다. 허공의 갈라진 공간에서 참모들과 앉아 있는 대통령의 모습이 고스란히 나타났기 때문이었다.

갈라진 틈 안으로 우리를 바라보고 있는 대통령과 참모들이 있었다. 그들은 하나같이 경악에 물든 얼굴로 이쪽을 빤히 바라보았고, 이쪽에서도 휘둥그레진 눈으로 그쪽을 향했다.

우리는 갈라진 틈 안으로 몸을 밀어 넣었다. 이 공간에서 저 공간으로 몸이 반쯤 넘어간 그 순간, 사태를 알아차린 참모들이 자리에서 벌떡 일어섰다. 정복을 입은 경호원 둘이 조그마한 권총으로 우리를 쏘고, 다른 둘은 참모들과 함께 대통령의 앞을 막았다. 이 공간으로 완전히 넘어온 우리는 공간이 닫힌 걸 확인한 후, 참을 수 없는 웃음을 터트렸다.

인간들이 우스꽝스러운 표정으로 허둥대는 모습이란……

미합중국의 대통령이라는 사람도 다르지 않았다.

"크크큭!"

기풍이 한바탕 휘몰아쳐 문 쪽으로 도망치던 대통령과 참모들을 모두 벽으로 내동댕이쳤다. 발밑으로 떨어진 성조기 액자를 발로 치웠다.

"너희들에게 기회를 주려는 거야."

쓰러진 채 우리를 물끄러미 올려다보고 있는 대통령을

향해 말했다.

"우리는 지금 힘겹게 참고 있어. 조금 전 해상에서도 얼마나 참았는지 알아? 우리가 손짓 한 번 하면 일만의 생명을 취할 수도 있었어. 하지만 그러질 않았지. 크큭. 그러니까 마음이 바뀌기 전에 어서 일어나. 그리고 내 앞에 앉아! 서둘러, 대통령."

의자 두 개가 허공에서 날아와 중앙에 마주 보고 내려앉았다. 우리는 그중 하나에 앉아 맞은편 의자를 턱짓해 가리켰다.

참모들이 대통령을 향해 고개를 젓고, 실제로 경호원 하나는 대통령의 소매를 잡아당기기도 했다. 그러나 대통령은 겁을 먹은 얼굴을 하고 있으면서도 용케 용기를 냈다. 자리에서 일어서 옷을 추스르고 보란 듯이 걸어와 우리 앞에 앉았다.

"직접…… 겪고도 믿기 힘든 일이 벌어지고 있소만……."

대통령의 어깨너머로 펼쳐진 대형 모니터 화면에는 항모의 당황한 함장과 장병들의 모습이 적나라하게 전송되고 있었다.

"일단 나는, 그쪽이 신이라 믿지 않소. 지구 밖에서 왔습니까?"

대통령이 물었다.

우리는 그저 피식 웃는 것으로 대답을 대신했다.

"미합중국이라는 나라? 오늘 이 나라의 운명은 이 자리에서 결정이 날 거다. 사실 대화 따윈 필요 없지. 너희들로선 우리를 막을 방법이 없으니까. 그럼에도 불구하고 우리가 대화하려는 건 자비를 베푸는 것이지."

대통령은 우리의 말을 경청했다. 그러면서 우리가 들고 있는 검이며 쓰고 있는 마스크며 입고 있는 옷 따위를 유심히 바라보는 것이었다.

밖에서 경호 부대가 밀물처럼 쏟아져 들어왔다. 귀찮은 우리는 그들뿐만 아니라 참모들까지 모두 복도 저편으로 날려 보냈다.

"크흠……."

침묵과 함께 대통령의 눈살이 구겨졌다.

"너희들의 죄는 크다. 우리의 사도들을 노리고 사원을 공격했다. 하지만 한 번의 기회를 네 녀석에게 주겠다. 대통령. 우리의 제안을 받아들이고 조용히 살 것인지, 아니면 거부하고 파멸할 것인지 선택하라."

"…… 제안이 무엇이오?"

"정기적인 핵에너지 공급. 오늘은 스테니 함을 받는 것으로 이 짓거리를 끝내려 하는데. 크큭."

뜬금없는 제안이었을까? 자리한 모든 이들의 얼굴이 의아하게 변했다.

"심사숙고하겠…… 소."

"멍청한 놈."

우리가 손을 뻗자, 대통령은 자석에 이끌린 것처럼 날아와 목이 잡혔다. 손아귀로 심하게 울컥거리는 대통령의 맥박이 느껴졌다. 압력으로 인해 대통령의 눈동자에 서서히 핏발이 오르는 그때, 놀란 참모들과 경호원들이 외쳤다.

"대통령님!"

"크흡…… 가, 가…… 가만히들 있으……세요."

대통령은 힘겹게 그의 사람들을 향해 손을 저었다.

"심사숙고? 그게 네놈의 선택인가, 대통령? 이 나라와 함께 자멸하겠다는 게 네놈의 선택이라면 말리지 않겠다. 그토록 기회를 줬건만……."

우리는 실로 놈의 행동이 안타까웠다. 그러면서도 한편으론 미 대륙을 종횡무진하며 보이는 모든 것을 파괴할 생각에 흥분이 들기도 했다. 직접적인 핵 폭격이 있지 않고서야 우리를 막을 방법은 없을 것 같다. 핵 폭격도 공간을 이동해서 피하면 그만이겠지만.

"제, 제안을 받아들이……겠소."

대통령이 피와 침으로 뒤섞인 타액을 질질 흘리며 입을 열었다.

고통으로 일그러진 그 얼굴을 보면서 대화니, 협상이니 하는 이 귀찮은 짓거리를 그만두고 싶다는 생각이 들었다.

죽일까?

우리는 대통령을 바라보며 고민했다. 아마도 대통령은 우리가 마음을 바꿀까 고민하는 기색을 읽은 것 같다. 그는 진심 어린 얼굴로 이렇게 말했다.

"부탁……합니다."

우리는 목을 잡고 있던 손을 풀었다. 대통령은 태양 볕 아래 있는 아이스크림처럼 축 늘어져서, 목을 잡고 켁켁거렸다. 용기 있는 여성 참모 중 하나가 슬그머니 기어와 대통령의 어깨를 감쌌다. 그러고는 원망이 서린 얼굴로 고개를 들어 우리를 노려보는 것이었다.

"이 분은 지구 상의 모든 나라를 대표하는 위치에 있는 분입니다. 아무리 당신이 지금 이 자리에 절대적인 힘으로 우위에 있다고는 하지만 이래서는……!"

죽기로 각오하지 않고서야 할 수 없는 행동이다. 속으로 박수 한 번 쳐 준 후, 여성 참모의 머리를 한 손으로 움켜쥐고 들어 올렸다. 생쥐처럼 바둥거릴 때마다 눈과 코

그리고 귀와 입에서 흘러나오고 있는 피가 바닥으로 뚝뚝 떨어졌다.

경호 부대가 다시 실내로 진입하며 일제히 총을 겨눴다. 대통령은 허겁지겁 그들에게 멈추라는 신호를 보내면서 내게 애원하듯 말했다.

"모든 조건을 겸허히 받아들이겠습니다. 그러니 그 여자는 살려 주십시오."

"흥!"

우리는 콧방귀와 함께 의식 잃은 여자를 아무렇게나 내던졌다. 날아가면서 허공에 뿌린 피 냄새가 사방에 진동했다.

걱정 어린 시선으로 여성 참모를 바라보고 있던 대통령을 일으켜 세웠다.

"우리는 너희 인간들의 방식을 알고 있다. 조사하고 우리를 막을 대안을 세우려 하겠지. 그리고 행동에 옮기려할 테고. 크크큭. 경고하건대, 그때는 우리를 다시 보게될 것이다."

"알……겠……소……."

"그리고 우리에게는 더 이상 오늘과 같은 자비가 없겠지. 오늘을 잊지 마라."

오늘을 잊지 말라는 뜻으로 우리는 대통령의 뺨을 손톱

으로 그어 내렸다. 왼쪽 관자놀이부터 뺨 아래까지 이어진 상처에서 약간의 핏물이 새어 나오기 시작했다. 모두가 분노와 절망이 뒤섞인 애환의 눈빛으로 대통령의 상처를 바라봤다.

휘익.

우리는 다시 공간을 찢었다.

찢어진 공간의 틈으로 보이는 다른 공간의 광경이 모두의 시선을 빼앗았다. 모두가 공간의 틈을 바라봤다. 당연하겠지만 저쪽 공간에서도 이쪽을 바라보고 있었다.

백악관 전략실의 처참한 광경을 비상식적인 방법으로 목도한 함장 하워드 대령은 입을 쩌억 벌리고 다물질 못했다.

우리는 항모 모니터실을 향해 공간의 틈으로 몸을 밀어 넣었다.

철컥. 철컥.

또다시 우리에게 겨눠진 수많은 총부리들.

하지만 놈들에게 처음과 같은 전의(戰意)는 더 이상 없었다. 찢어진 공간을 닫고 우두커니 섰다. 우리가 한 걸음 내딛자, 장병들은 흠칫 몸을 떨면서 이를 악물었다.

악마…….

누구도 입을 열고 있진 않지만, 다들 같은 눈으로 나를 바라봤다.

우리는 낄낄 웃으며 의자에 앉았다.

잠시 뒤.

백악관으로부터 항모에 모든 장병들의 퇴선 명령이 내려왔다.

*   *   *

함장 하워드 대령은 침착하게 그에게 떨어진 명령을 수행했다. 구급함을 비롯한 모든 호위함과 보급함에 항모 장병들을 나눠 퇴선시켰다.

이제 보급함에서 보낸 헬리콥터에 함장과 부함장, 장교 넷, 그리고 여섯 명만 더 탑승하면 되는데 함장은 기어이 퇴선을 거부했다. 상부의 명령이 있다 하더라도 함장이 배를 버릴 수는 없다는 게 그 이유였다.

함장이 권총을 꺼내 들어, 부함장과 장교 넷을 강제로 헬리콥터에 태워 보내는 과정은 눈물겹다 할 수 있었다.

텅 빈 갑판 위.

함장은 마지막 인원을 실은 헬리콥터가 날아가는 광경을 끝까지 확인한 후, 우리 앞으로 걸어왔다.

우리를 도발하지 말라는 상부의 명령이 없었다면 달랐

을까?

그는 천천히 올린 권총을 자신의 관자놀이에 댔다. 그러고는 아무런 말없이 우리를 뚫어지라 노려보다가 방아쇠를 당겼다.

타앙!

함장은 스스로 명예롭다 여기는 죽음을 택한 것이다.

"크크크······."

멈추려고 해도 웃음이 계속 흘러나온다. 우리는 기관실 안에 있었다.

가동 중인 원자로 네 기에서 느껴지는 강렬한 에너지.

실로 얼마 만인지 모르겠다.

간혹, 세상에는 조금이나마 우주의 이치를 품고 태어나는 생물이 있다. 바로 직전까지 있었던 무림이라는 세계에서는 그 생물을 영물(靈物)이라 불렀다. 처음에는 그것들의 영기(靈氣)로 어느 정도 갈증을 해소할 수 있었다.

하지만 시간이 흐르면서 그것들이 태어나는 속도보다 우리에게 사냥당하는 속도가 더 빨라졌고, 결국 그것들을 찾아보기 힘들게 되었다.

그런데 여기 지금.

눈앞에는 그것들을 대체할 훌륭한 에너지원들이 존재하

고 있다. 더할 나위 없이 즐거운 점은 이 세상의 인간들이
이 에너지원을 인위적으로 만들 기술을 가지고 있다는 것
이며, 이미 세상 곳곳에 수많은 원자로들이 존재하고 있
다는 것이다.

더 이상 굶주릴 필요가 없다. 갈증에 허덕이며 불안에
떨 필요가 없다.

"크하하하!"

우리가 터트린 웃음소리가 기관실 전체에 울려 퍼지기
시작했다.

우리는 네 기의 원자로 중앙에 서서 대자(大)로 양팔과
다리를 벌렸다. 전신에서 적색(赤色) 형체를 띤 기운들이
아지랑이처럼 피어올랐다. 그것들은 스스로 살아 움직이
는 생물처럼 꾸물꾸물 허공을 기어가면서 네 기의 원자로
에 달라붙었다. 실타래처럼 감고 또 감아, 우리는 원자로
를 품에 안았다.

두두두두.

원자로 가동력이 급상승하면서, 원자로와 기관들에서
새어 나오고 있던 소음이 굉음(轟音)으로 바뀌었다. 우리
몸까지 떨릴 정도의 진동이 바닥에서부터 올라왔다.

원자로로 이어진 네 가닥의 붉은 탯줄을 타고.

"드디어……."

뜨거운 열기가 우리의 몸 안으로 들어오기 시작했다.

우우웅.

항모가 저항하려는 듯 기관실 전체로 울부짖는다.

그러나 원자로라 불리는 항모의 네 심장은 심하게 꿀럭이면서 선혈(鮮血)을 밀어내고, 고스란히 우리들의 입으로 몸으로 그리고 단전으로 들어온다. 탯줄을 타고 들어온 열기가 몸을 훑고 지나갈 때마다, 거기에 있던 세포들은 하나하나가 잠에서 깨어나 날뛴다.

짜릿한 희열이 등줄기를 타고 올라와서 뇌를 움직이고, 단전에 채워지는 충만한 기운들에 웃음소리가 더 커진다. 찰나의 순간에도 몇 번의 충만함을 느낀다. 우리의 몸을 구성하고 있는 모든 장기와 뼈 그리고 근육과 지방, 피와 물이 그 어느 때보다 생생하게 느껴지며, 비로소 진정 살아 있음을 깨닫는다.

눈으로 치밀어 오른 열기가 사물들의 실체를 보인다.

귀에 가득 찬 열기는 세상 끝의 소리도 가져온다.

입을 벌리면 담기다 못해 흘러나온 열기들이 스르르 빠져나오는데, 우리는 다시 그것들을 집어삼킨다.

"가자! 가자, 가!"

우리의 외침에 기관실에 가득 찬 열기들이 더 뜨겁게 달아오른다.

우우웅.

항모가 고통으로 신음하며 힘겹게 몸을 움직였다.

"비명을 질러라, 항모여. 고통에 몸부림쳐라, 심장이
여. 그것들로 하여금 우리의 배를 채울지어다! 크하하하
하!"

*　　　*　　　*

털썩.

다리에 힘이 풀려 제자리에 주저앉았다. 심한 두통에
머리를 쥐어짰다. 콧구멍에선 피가 흘러나와 바닥으로 뚝
뚝 떨어졌다.

"미친…… 새끼……. 진짜로 저질러 버리다니……."

나는 손에 쥐고 있는 흑천마검을 바라봤다. 놈은 신성
해 보이기까지 하는 영롱한 붉은빛을 발광하고 있었다.

이번 합일에서는 놈의 의지가 크게 반영됐다. 지난번
정사대전 때와 비교하자면 이번 합일은 놈에 의해 움직였
다고 해도 과언이 아니었다. 돌이켜 생각해 보니 내 의지
를 짓누를 만큼 놈의 욕구가 너무 컸기 때문인 것 같다.

아직도 생생하다. 미군 장병들을 모조리 죽여 버리고
싶었던 살심(殺心)이 계속 일어났다. 나는 계속 인식하고

있었다. 언제든지 일만이 넘는 장병을 몰살시킬 수 힘이 있었고 정신이 그걸 원했다. 하지만 그 살심을 참기 위해 나는 산 채로 심장을 쥐어짜는 듯한 고통을 참아야 했다.

덕분에 무의미한 살육을 막을 수 있었지만……. 제멋대로 백악관까지 넘나드는 마음까지는 통제할 수 없었다.

"미친 새끼……. 어쩌자고 그런 일을……. 백악관까지……. 우리를 적나라하게 드러냈어."

나는 손등으로 코피를 훔친 다음, 신경질적으로 흑천마검을 바닥에 내팽겨쳤다.

놈의 소름 끼치는 웃음소리가 귀에 어른거리는 듯했다. 아니, 조금 전까지 희열에 미쳐 터트려 댔던 내 웃음소리일지도 모른다.

지금이라도 합일에서 해제된 것이 다행이라고 할 수 있었다. 더 오래 지속되었다면 아마 나는 버티지 못했을 것이다. 그랬다가는 어마어마한 학살이 펼쳐졌을 테고.

"?"

흑천마검이 검집째 허공에 둥실 떠올랐다. 춤을 추듯 위아래로 움직여 대는 것이었다. 흡수한 에너지를 주체하지 못하는 듯 붉은빛을 번쩍이면서 말이다. 그건 처음 겪는 현상이었고 흑천마검이 봉인에서 풀릴지 모른다는 두려움이 일었다.

바로 조금 전까지 원자로의 에너지를 빨아들이면서 내가 느꼈던 충만함은 정말이지 어마어마했다.

그 에너지가 흑천마검에 조금이라도 흘러갔다면…….
무슨 일이 일어날지 모르는 일이었다. 나는 잠시 망설였다가 흑천마검을 움켜쥐었다. 반항은 없었다. 검집째 허리에 찬 그때, 원자로를 가동하며 앞으로 나아갔던 항공모함이 어느새 멈춰 있다는 것을 알아차렸다.

갑판으로 나오자 지척에 위치한 섬이 보였다. 폭격을 당한 흔적은 어디에도 없었다. 우리를 추격하는 함대도 보이지 않았다.

"다 끝났다. 하지만……."

흑천마검과의 합일은 어쩔 수 없는 일이었다. 그 순간에 사람들을 지킬 수 있는 방법은 놈의 제안을 받아들이는 것뿐이었다.

결과가 어떻게 될지는 예상하고 있었다. 어느 정도 우리를 드러낼 거란 걸 각오했었다. 이미 내 힘을 드러낸 후기도 했으니까.

하지만 백악관으로 넘어가서 미 대통령을 협박하리라고는 생각지 못했다.

거기서 참지 못하고 미 대통령의 목을 비틀어 버렸다면…….

쿨럭.

갑자기 뭔가가 목구멍에서 치밀어 올랐다. 상당한 양의 피를 토했다. 그러고 보니 다리가 후들거린다. 호흡도 가쁘다. 아마도 안색 또한 좋지 못할 거다.

이번 합일은 과연 '악마'라 불려도 손색이 없을 만큼 그 어느 때보다 강했지만 불안정했다. 합일이라면 응당 둘의 정신이 하나로 합쳐져 정반합의 사고를 하기 마련이다. 하지만 이번엔 흑천마검, 놈의 의지가 너무 많이 반영됐다. 너무 많이.

불안정한 합일에서 오는 부담이 순전히 내 육체에 쏠린 것이 아닐까, 하는 생각이 들었다.

"그렇게 많은 에너지를 흡수했는데……. 전부 네놈에게 간 거냐?"

획.

나는 몸을 돌리며 물었다.

어느새 인간형으로 변한 흑천마검이 내 뒤에 서 있었다. 새하얀 얼굴을 가린 긴 머리카락 사이로 놈의 웃고 있는 입술이 보였다.

―크크크. 애송이는 정말 애송이답더군. 왜 이 몸을 막은 거냐. 죽일 수 있을 때 전부 다 죽여 놓아야지. 애송이 네게는 적병(敵兵)의 수를 만 이상 줄일 수 있는 좋은 기회

였다.

불어온 해풍(海風)에 놈의 머리카락이 옆으로 쓸려 넘어갔다.

"……!"

놈에게 이런 얼굴이 있었어?, 라고 반문할 수밖에 없을 정도로 놈은 지극한 행복감에 도취된 얼굴을 하고 있었다. 내게 핀잔주는 듯 말하면서도, 사실 놈은 너무나 만족하고 있는 상태였다.

"네놈이 벌인 황당무계한 짓을 어떻게 수습해야 할지 골치가 아프군. 미친 새끼……."

나는 거침없이 욕을 내뱉었다.

─애송이. 스스로를 속이다니 정말이지 꼴사납다. 그건 이 몸이기도 하지만 네 녀석이기도 했다. 네 녀석도 그런 마음이 있었던 거다. 이 나라에 우리의 위대함을 알리고 싶다고, 힘을 터트리고 싶다고, 네까짓 것들은 아무것도 아니라고 외치고 싶었던 거지. 우리는 합일을 겪었다. 애송이 네 녀석도 이 몸의 끝을 봤고, 이 몸도 네 녀석의 끝을 봤다.

놈이 거기까지 말한 뒤, 먼 바다를 향해 고개를 돌렸다. 이제는 아무것도 없이 잔잔한 파도만 밀어오는 그곳을 바라보는 놈의 얼굴은 무척이지 평온했다. 항상 피에 굶주리고 음산한 기운만을 풍기던 놈의 얼굴이 아니었다.

"원자로에서 나온 에너지는 네놈이 다 가져간 거냐?"

—보다시피.

놈은 양팔을 쫙 펴며 만족스러운 미소를 지었다.

—애송이. 네 녀석은 네 사람들을 지키고, 이 몸은 배를 채우고. 좋지 않으냐?

나는 입술을 질끈 깨물며 아무런 대답도 하지 않았다.

이번에는 어쩔 수 없었지만 앞으로 다시는 놈과 합일을 이루는 일은 없을 거다.

놈과의 합일은 위험하다. 아니, 위험하다는 말로는 다 표현이 안 될 정도이다. 자칫 어긋나는 순간 대재앙으로 바뀔 가능성이 다분하다.

이번에는 놈이 배를 채우는 것으로 만족했지만 피를 원한다면? 그리고 합일의 순간 내 의지가 놈의 욕구보다 현저하게 약하다면? 생각만 해도 끔찍한 일이 분명히 이 지구 상에 벌어질 거다. 이번의 합일로 확실히 깨닫고 말았다.

무슨 일이 있어도 다시는…….

합일은 없다!

놈이 나를 돌아보며 씨익 웃었다. 미소에 걸린 그 눈빛은 내가 무슨 생각을 하고 있는지 다 알고 있다고 말하는 것 같았다. 하지만 놈은 거기에 조금도 신경 쓰지 않고 손을 휘휘 저었다.

—고맙다는 인사는 됐다. 애송이.

놈이 그 말을 마지막으로 다시 검으로 돌아갔다. 검집째 내 허리에 달라붙었다.

"섬으로 돌아가자……."

수많은 생각들이 꼬리에 꼬리를 물었지만 머릿속에서 떨쳐내고자 노력했다. 나를 기다리고 있는 사람들이 섬에 있다.

　　　　　*　　　*　　　*

"정!"

내가 섬에 들어갔을 때, 푸니타와 그녀의 가족들은 참호로 자리로 옮겨 망연자실한 얼굴로 항공모함을 바라보고 있던 중이었다.

푸니타가 참호 속에서 나를 부르며 손짓했다. 느긋하게 걸어가는 내 모습이 퍽 불안해 보였는지 그녀의 삼촌과 오빠가 뛰어와 나를 참호 안으로 잡아끌었다.

"어디에 있었어요? 교주님께서! 교주님께서 오셨어요. 미사일이 날아와서 꼼짝없이 죽는 줄 알았는데 그때 기적이……."

푸니타는 불안과 흥분이 공존해 있는 상태였다.

"알고 있습니다. 푸니타. 이제 안심해도 좋아요. 다 끝났습니다."

"네?"

"다들 참호에서 나오세요. 가족분들에게 다 끝났다고 알려 드리고, 저택에 들어가 편히 쉬시라 하세요. 더는 공격이 없을 겁니다."

"하지만 저 배가…… 저 큰 배가……."

푸니타가 해안 인근에 떠 있는 항공모함을 돌아보며 말했다. 호위 함대 없이 단 한 척만이 덩그러니 떠 있을 뿐인데, 그 크기가 웅장하다 보니 위압감이 실로 대단했다.

푸니타와 그녀의 가족들은 곧 저 거대한 항공모함에서 수많은 군인들과 미사일 그리고 전투기들이 출격할 거라고 생각하고 있었던 것 같다.

다들 겁먹은 얼굴들로 항공모함을 보고 있으면서도, 그들의 순박한 눈동자 안에는 어떤 절대적인 믿음 같은 것이 자리하고 있었다. 불과 몇십 분 전에 하늘을 날아다니며 미사일로부터 섬을 보호하던 신령스러운 '교주'의 모습을 봤기 때문이다.

"저 항모도 걱정할 필요 없습니다. 푸니타. 저 배는 더 이상 미국의 것이 아니에요."

"그게 무슨 말씀이세요?"

"우선은 다들 나오게 하세요. 그리고 저택으로 들어가세요. 더는 여기에 이렇게 숨어 있을 필요가 없습니다."

숨어 있는 게 아니라 싸우려 하는 거예요. 아마도 푸니타는 그렇게 말하려고 했던 것 같다. 내가 웃으면서 자리에서 일어나자 푸니타는 얼떨떨한 얼굴로 고개를 끄덕였다.

나는 그녀의 가족들에게 통역을 하는 푸니타를 뒤로한 채 참호 밖에서 나왔다.

우리는 일전(一戰)을 앞두고 해안 곳곳에 참호를 만들어 뒀다. 저택에 있던 신도들 대부분이 밖으로 나와 참호 곳곳에 숨어 있었다. 해안과 제일 가까운 곳에 위치한 참호에서 팀과 알렉스를 발견했다. 둘도 나를 발견했고, 나를 보자마자 서로 경쟁하듯 뛰어왔다.

"사부!"

"스승님!"

아직까지 저택에 알려진 내 신분은 집사 격인 총관리자였다. 하지만 참호마다 거리가 떨어져 있고 주변에 있던 사람이 없는지라, 둘은 평상시처럼 나를 그렇게 불렀다.

"내 이렇게 될 줄 알았습니다! 알렉스. 내가 뭐랬어! 우리가 이긴다니까!"

팀은 나를 보자마자 돌아가는 상황을 눈치챘다.

"다치신 데는 없으십니까? 스승님."

알렉스가 내 몸을 살피며 물었다. 그러고 보니 내 옷은 곳곳이 찢기고 전부 피로 물들어 있었다. 나는 새삼 푸니타가 걱정돼 푸니타가 있는 참호 쪽으로 고개를 돌렸다. 그녀는 가족들과 함께 참호 밖으로 나오고 있는 중이었다.

이런 내 모습을 알아차리지 못할 정도로 푸니타는 정신이 없었던 것이다.

"우리가 이긴 거지요? 그렇지요, 사부? 워싱턴에서 꼬리를 내린 거죠?"

"우리가 아니라 스승님이셔. 우리가 한 게 뭐가 있다고. 우리는 그저 숨어 있었을 뿐이지. 그런데 저 항공모함은 어떻게 된 겁니까, 스승님. 우리는……."

"저건 이제 우리 교단의 소유가 되었다. 미 정부로부터 직접 인도받았다."

"와우!"

내 말에 팀이 쾌재를 부르짖으며 주먹으로 알렉스의 어깨를 쳤다. 알렉스가 휘청거리면서 얼굴을 일그러트릴 정도로 그 주먹에는 힘이 실려 있었다. 알렉스는 팀에게 뭐라 쏴붙이려 하다가 고개를 돌려, 생각 많은 눈으로 항공모함을 바라봤다.

흑천마검은 항모 원자로에서 나오는 핵에너지를 원했다. 그 욕구가 너무 큰 덕분에 간신히 나는 정신을 살육에서 항모 원자로 쪽으로 돌릴 수 있었고, '정부와 대화'까지 이어갈 수 있었다.

항공모함 존 C. 스테니 함을 넘겨받기로 한 것은 기똥찬 한 수였다. 항모 원자로를 미 정부로부터 직접 인도받는 게 목적이었지만, 대통령 앞에서 마음이 바뀌었다. 아니, 바꿀 수 있었다고 하는 게 옳은 표현일 것이다.

"스승님……. 정부가 저 항공모함을 순순히 내줬다는 것은……."

알렉스가 항공모함에서 내게로 시선을 돌렸다. 팀이 기뻐하는 것과는 달리, 그의 얼굴에는 혼란스러운 감정이 가득했다.

알렉스의 그런 마음도 무리는 아니다. 지극히 당연한 마음이라고 생각했다. 그가 섬기는 스승에게 초인적인 힘이 있다는 것을 알고는 있었지만, 이 정도이리라곤 생각지 못했을 거니까.

항모타격전단을 물리치고 전리품으로 항공모함을 가져온 것. 단순히 그 결과만 놓고 대단하다 여기는 게 아니라 그 속에 담긴 여러 가지 뜻을 알렉스는 눈치채고 있었다.

"그래. 사실상 미 정부의 '항복 선언'이라 봐도 좋다."

나는 감춤 없이 말했다.

"Fuck! Fuck!"

팀이 내 말을 듣자마자 미친 사람처럼 방방 뛰었다. 그러고는 더 흥분해서 티셔츠를 벗어 머리 위로 휘두르며 해안으로 달려 나갔다.

참호에 있던 사람들은 그런 팀을 의아한 표정들로 바라보았다.

"모두 거기서 나와! 우리가 이겼어!"

팀은 있는 힘껏 외치며 원숭이처럼 날뛰었다. 그의 말을 믿지 못한 사람들이 참호에 가만히 있자, 팀은 손수 그들을 억지로 끌어냈다.

"심슨(유명 애니메이션 캐릭터) 같은 멍청한 얼굴은 그만하고, 다들 나와!"

팀이 처음으로 끌어낸 무리는 밀튼과 마이크를 주축으로 하는 용병들이었다.

"설마설마했는데……. 다 끝났다고? 이렇게 끝났다는 거야? 이렇게? 세상에 이런 일이……. 미사일이 섬으로, 저택으로 날아올 때까지만 해도 우리는……."

밀튼이 소총을 지팡이 삼아 땅을 짚어 참호 밖으로 나

왔다.

"자세히 말해 봐. 뭐가 어떻게 끝났다는 거야."

뒤이어서 나온 마이크가 따지듯 물었다. 팀은 마약에
취한 것처럼 한참을 횡설수설했다. 용병들이 팀을 둘러싸
고 그의 이야기를 듣는 동안, 사태를 주시하던 리차드 청
과 그의 해커 동료들이 하나둘 참호에서 나오기 시작했
다. 그러고는 큰 소리로 떠들어 대는 팀의 곁으로 모였다.

"항공모함이 호위 함대도 없이 왔을 때…… 이상하긴
했었어. 그럼 저건 왜 저기에 떠 있는 거야? 저기서 뭐 하
는 거냐고."

마이크였다.

"뭐긴 뭐야. 전리품이지!"

"전리품? 미쳐도 단단히 미쳤군. 다들 이 말을 믿는 거
야? 컴퓨터를 제 마누라 것처럼 빨아 대는 이것들은 다 그
렇다고 쳐."

마이크는 해커들을 가리켰던 손가락을 용병들로 옮겼
다.

"그런데 전장에 있었던 너희들 말이야, 너희들! 특히
토미, 윌, 마호메드. 너희들은 나와 바그다드에 있었잖아.
항모타격전단이 어떤 괴물인지, 너희들은 나와 똑똑히 봤
었지. 그런데도 이 미친 소리를 믿는 거냐고."

"그래, 마이크. 우린 함께 바그다드에 있었지. 거기서 적지 않은 동료들이 죽기도 했어. 바로 항모에서 쏘아 보낸 미사일에. 우리는 아군의 미사일 폭격 속에서 살려고 미친 듯이 뛰어다니고 숨었어. 그날은 지옥이었어. 보이지도 않는 저 먼 바다에서 날아온 미사일들이 순식간에 바그다드 전체를 불바다로 만들었으니까."

과묵해서 평소에 그의 음성을 듣기 힘들었던 토미라는 용병이 하는 소리였다.

"그래. 토미! 내 말이 그거야."

"그날 나는 태어나서 처음으로 신을 찾았어. 예수도 좋고 알라도 좋고, 코끼리 신도 좋았어. 그저 미사일이 나와 동생을 피해가기만 한다면야 누구에게라도 무릎 꿇고 기도할 수 있었어. 하지만 그날 기적은 없었어. 나는 살았지만 내 동생은 폭격 속에 죽었으니까. 미 정부는 그걸 부정했지만."

"토미."

"이번은 달랐어. 살아 있는 신이신 교주님을 생각하며 기도했다. 그리고 모두가 기적을 봤어. 너도 봤을 거야, 마이크. 저택으로 날아오던 미사일이 어떻게 됐는지. 충돌 직전에 갑자기 선회해서 먼 바다로 떨어져 버렸지. 우리가 지금 살아있는 거? 우리는 벌써 죽었어야 해. 그 미사일은 시작에 불과했을 거야. 그 뒤로 2차, 3차 폭격이, 그리고 전투기들이 날아왔어야 하지. 그런데 없었어."

"그러니까 너는 저 미친 소리를 믿는 거지? 항모타격전 단이 이 조그마한 섬에 지고. 그것으로도 모자라 항공모함을 전리품으로 내줬다는 저 미친 소리를 말이야."

"바그다드 때부터 불안하긴 했지만……. 네놈 완전히 가 버렸군. 모두가 본 기적을 부정하는 이유를 모르겠다. 꺼져 버려. 내가 태어난 이후로 말이야…… 아니아니, 전쟁이 시작된 그 옛날부터 말이야, 오늘과 같은 기적은 결코 없었을 거다."

"다들……. 완전히 돌았군."

"더 이상 사람들을 불안하게 만들지 말고. 그렇게 못 믿겠다면 네가 항모로 가서 직접 확인해 보는 게 어때?"

용병 토미는 평소에 존재감이 없었다. 너무도 과묵해서 부여된 임무만 조용히 수행하는 그림자와 같은 존재였다.

그런 그가 결국 참다못해 나섰고, 보아하니 지금도 분노를 짓누르고 있었다.

"내 장담하는데! 여긴 곧 불바다가 될 거다!"

마이크가 외쳤지만 누구도 그의 말에 귀를 기울이지 않았다.

"그만해. 마이크."

"왜? 난 사실을!"

퍼억!

참다못한 토미가 마이크의 오른 턱에 주먹을 꽂아 넣었다. 마이크의 절친한 동료인 밀튼마저도 한심하다는 듯이 쓰러진 마이크를 내려다볼 뿐, 일으켜 주지 않았다.

"지금 우리가 느끼는 이 기분을 더 이상 망치지 말아 줘……. 너는 우리의 동료지만, 너 따위가 망칠 수 있는 날이 아니야. 우리는 기적 속에 있어. 기적이 우리와 함께하고 있어. 이 충만함은, 이 충만함은……. 이 충만함은……."

토미의 눈에서 눈물이 주르륵 흘렀다.

나는 그들에게 다가갔다. 한자리에 모인 사람들의 시선이 일제히 내게로 쏠렸다. 몸을 일으킨 마이크 또한 입가의 피를 훔치며 나를 쳐다보았다.

"팀 장로가 모두에게 알린 말은 사실입니다."

정말 전투는 끝이 난 거야? 항공모함이 전리품이라고? 어떻게 이런 일이 있을 수 있지? 이 기적을 설명해 줘!

모두의 눈빛이 그렇게 묻고 있었다.

"더 이상의 공격을 없을 것이니 모두 걱정하지 않아도 좋다, 라고 교주님께서 말씀하셨습니다."

"교주님께선 어디에 계시지?"

용병 중 한 명이 물었다.

"다들 보지 못한 건가요? 교주님께선 우리와 계셨어요! 교주님께선 미사일들을 모두 치워 내고선 하늘로 날아가셨어요! 교주님께서 먼 바다에 있는 해군을 물리치신 거예요!"

푸니타가 참지 못하겠다는 듯이 외쳤다.

"하늘로 날아가셨다고?"

모두가 웅성거렸다. 나는 진정하라는 제스처를 취하며 사람들이 진정하길 기다렸다. 이윽고 확인을 바라는 눈빛들이 내게로 쏠렸다.

"푸니타의 말이 맞습니다. 교주님께서 미사일과 전투기 편대로부터 이 섬을 보호하신 후, 항모타격전단으로 가셨습니다. 그리고 미 정부의 항복에 대한 증거로 우리에게 저 항공모함을 가져오신 겁니다. 그래요. 모두 안심해도 좋습니다. 전투는 끝났습니다."

내 말이 끝나자 모두가 모인 자리는 한없이 조용했다.

그러다 천천히 타들어 간 심지가 결국 폭탄을 터트리듯.

"와아아아!"

일순간 환호성이 터져 나왔다.

제3장

생신(生神)

　아직 세상에 혈마교를 드러낼 준비가 되지 않았을 때, 사건이 터지고 말았다. 사건의 전말은 이랬다.

　리차드 청의 해킹 프로그램인 ‘KEY’를 위협으로 인지한 미 정부와 집단에서, 그것을 파기 혹은 습득하기 위해 그를 꾸준히 추적하고 있었다. 그러다 운명의 장난처럼 흑웅혈마와 끈이 이어진 그가 나와 만나게 되었다.

　그때 나는 세상을 움직이는 집단이 있음을 알아차리고 그들에 대항하기 위해 세력이 필요하다 느꼈고, 그 대안으로 이 세상에 혈마교를 세우기로 결정했다.

　마침 팀과 알렉스를 제자로 두었기에 할리우드를 시작

으로 음지(陰地)에서 혈마교를 전도했다. 그리고 교세의 확장에 따라 사원의 필요성을 느끼고 이스타 섬에 사원을 꾸렸다.

그런데 리차드 청을 꾸준히 추적하던 미 정부와 그 '집단'은 섬에 리차드 청이 있음을 알아차리고, 리차드 청을 잡기 위해 네이비씰 6팀을 파견하기에 이른다. 그것이 이 사건의 시발점이었다.

미 정부에서 섬을 타격한 것은 혈마교가 드러났기 때문이 아니라 순전히 리차드 청 때문이라는 게 맞다. 네이비씰 6팀을 파견할 때까지만 해도 미 정부가 인식한 이 섬은 '리차드 청과 그의 세력'이 숨어 있는 은신처에 불과했다.

하지만 이제는 달라졌다. 미 정부에게 리차드 청과 그의 해킹 프로그램은 작은 문제에 불과했다. 리차드 청의 은신처라고 알고 있었던 조그마한 섬이 사실은 정체불명의 교단이 뿌리를 내린 곳이었던 것이다. 더 큰 문제는 '악마'라고 불러도 이상이 없을 능력을 지닌 초자연적인 존재가 스스로를 그 교단의 신이라 자처하고 있다는 것이었다.

그렇게 아직 준비가 되지 않았을 때, 우리는 우리 존재를 미 정부에 고스란히 드러냈다.

"무슨 생각을 그리 하고 계십니까, 스승님."

2층 내 서재로 알렉스가 찾아왔다. 모두가 밤늦도록 해안에 모여 승리의 축제를 즐기고 있을 때였다.

"이런 저런 생각이 많을 수밖에."

"예. 아직 '그 날'을 이루기에는 준비된 게 없다고 생각합니다만."

언제고 생각하는 건데, 진중한 성격인 알렉스와는 말이 통한다.

"정부의 항복은 어떻게 받아 내신 것인지, 감히 여쭤, 봐도 되겠습니까, 스승님? 정부에서 우리를 어디까지 인지하고 있는지 알아야 대응책을 생각할 수 있습니다."

"인지라……. 섬을 보호하고 타격을 멈추기 위해선 숨겨 뒀던 힘을 모두 드러내는 수밖에 없었다. 그렇게 서 있지 말고 이리로 와서 앉지."

나는 소파로 자리를 옮겨 말했다. 맞은편에 알렉스가 앉아 신중한 눈으로 나를 바라보았다.

그가 알고 있는 내 힘은 극히 일부분에 불과하다. 설마하니 항모타격전단을 물리치고 정부의 항복을 받으리라고는 그조차도 생각하지 못했을 것이다.

섬을 숨길 수만 있었다면 흑천마검과 합일을 이루는 일

은 없을 텐데, 다시 생각해도 그 일이 매우 안타깝지만 후
회하긴 늦은 일이었다.

"꽤 놀랐을 수밖에."

"예. 솔직히 그렇습니다. 하지만 그런 기대는 있었습니
다."

알렉스가 솔직한 마음을 드러냈다. 그는 언제고 그랬
다.

"스승님, 이렇게 된 마당에 '그 날'을 시작하는 게 어
떻겠습니까."

알렉스의 눈동자가 날카롭게 빛났다. 항상 신중한 그가
내뱉기에는 성급한 말이라고 느꼈다. '그 날'이란 다름
아닌 혈마교를 음지에서 양지로 온 세상에 드러내고, 감
히 이 세상의 모든 나라를 하나로 규합하여 통제하는 날
을 말하기 때문이다. 누군가에게는 공상과학 소설이나 판
타지 소설에나 나올 법한 이야기라지만 알렉스와 팀에게
는 현실이었다.

"솔직히 말씀드려도 되겠습니까?"

나는 고개를 끄덕였다.

"스승님께선 정부의 항복을 받아내셨습니다. 다름 아닌
미 정부의 항복을요……. 그 말인즉, 스승님께서 원하신
다면 '그 날'이 내일 올 수도 있다는 말이겠지요."

알렉스가 계속 말했다. 모르긴 몰라도 그는 내 서재로 들어오기 전에 큰 각오를 하고 왔을 것 같다.

"무엇을 염려하시는지 압니다. 결국 '그 날'이 와도 지금과 달라질 게 없다고 생각하시는 것 아니십니까. 단지 기득권이 지금의 정치가와 재력가 그리고 언론가에서 우리 혈마교로 넘어오는 것뿐이라고. 정치를 펼쳐야 할 세상은 넓고 재원은 한정되어 있으니 결국 지금과 같은 체제를 유지할 수밖에 없고, 그렇다면 달라지는 게 없다…… 그렇게 생각하시는 것 아니십니까? 주제……넘었습니다. 죄송합니다, 스승님."

알렉스는 거기까지 말하고 고개를 숙였다.

"네 마음은 알지만 너무 앞서 나갔다. 어떻게 미 정부의 항복을 받아 냈는지 말해 줘야겠군."

밖에서 왁자지껄 떠드는 소리가 서재까지 잘 들렸다. 서재에 돌고 있는 무거운 분위기와 밖의 흥겨운 소리가 이질적으로 흐르는 가운데, 알렉스가 천천히 고개를 들었다.

"무력적인 부분만 놓고 본다면…… 그래, 나는 세계를 상대로 싸울 수 있다. 하지만 싸울 수 있는 것과 승리를 한다는 것 사이에는 엄연히 큰 차이가 있지. 이번에는 승리했지. 하지만 거기에 쓴 힘은 두 번 다시 써서는 안 되는 힘이다."

"……."

알렉스가 이해 못 하는 것도 당연하다.

"내게는 두 가지의 힘이 있다. 하나는 내 본연의 힘, 그리고 다른 하나는 거대하지만 내가 통제할 수 없는 힘이다. 이번에야 많은 살상 없이 종국적으로 결과가 좋았지만, 완전히 달라질 수도 있었지. 극단적인 상황이 올 수도 있었어. 그럼에도 불구하고 그 힘을 쓸 수밖에 없었던 이유는……. 항모타격전단에서 섬으로 날아오는 미사일 모두를 막을 수 없었기 때문이다. 다시는 그 힘을 쓰는 날이 없을 거다. 결코 다시는……."

흑천마검의 욕구가 원자로에서 멈추지 않았다면?

그때를 다시 떠올리면 지금도 무척 아찔해져서 가슴이 서늘해진다.

나는 항공모함과 백악관에서 있었던 일을 간단하게 설명했다. 알렉스는 어느 정도 예상하고 있었으면서도 다시금 놀란 얼굴이 되었다.

"그 힘을 쓰지 않는다 하더라도 백악관 정도는 점거가 가능하겠지. 하지만 그게 무슨 소용이 있을까. 지휘권은 계속 인계된다. 대통령을 제거해도 새로운 인물이 그 자리에 앉을 뿐이지. 종국에는 너희들만 많이 다치게 될 거다. '그 날'은 많은 준비가 필요해. 본교뿐만이 아니라 세상 또한 우리를 받아들일 수 있는 준비가 필요하고."

"예. 스승님."

"준비도 되지 않았는데 이렇게 본교가 정부에 드러나고 말았지. 앞으로 정부의 감시가 더욱 심해지고, 우리를 시험하려 들 것이다."

"정부에서 스승님의 존재를 알게 됐습니다. 아무래도 그럴 수밖에요. 그래도……. 섣불리 움직이지는 못할 겁니다."

알렉스는 창문 너머, 바다 위에 떠 있는 항공모함을 향해 고개를 돌렸다. 그가 계속 말했다.

"정부는 가장 큰 위기를 맞이했습니다. 내부로는 우선 언론을 통제하고 감시해야겠지요. 정부는 우리보다도 더 스승님이 대중에 알려지는 것을 원치 않을 겁니다. 수많은 장병들의 입을 어떻게 막을지, 생각만 해도 머리가 아파지지 않습니까?"

모처럼 알렉스의 입가에 미소가 그려졌다.

"외부로는 극히 일부분에 불과하지만, 자국의 영토를 무단으로 점거하고 있는 종교 집단을 상대해야 합니다. 사실, 언론을 통제하는 일은 이 문제에 비하면 아무것도 아니지요. 그 종교 집단은……."

양해를 구하는 알렉스의 눈빛에 나는 고개를 끄덕여 화답했다.

"규모로 볼 때는 여느 공동체보다도 못합니다. 포교를 시작한 지 얼마 되지 않아 신도라고 해도 고작해야 채 삼백여 명. 하지만 신도 한 명 한 명을 놓고 봤을 때는, 정부로서도 의식을 하고 있어야 할 정도의 영향력이 잠재 되어 있었습니다. 이 종교 집단의 신도 대부분이 유명 배우이기 때문입니다."

알렉스가 계속 말했다.

"일단 표면적으로는 그랬습니다. 하지만 이번의 마찰을 통해 종교 집단의 실체를 알게 되었는데, 경악스러울 만한 종교 집단이었습니다. 종교 집단에서 신으로 섬기고 있는 '교주'라는 존재에게는 강력한 초자연적 능력이 있는데, 실로 신이라고 해도 과언이 아닌 그런 능력이었습니다. 항모타격전단과 같은 기존의 군사력은 그 존재의 앞에서 무용지물에 불과했습니다. 결국 운용했던 항공모함을 그 종교 집단에 넘겨주는 것으로 더 큰 피해를 막을 수 있었습니다. 사실상 항복이었습니다. 미 정부가 출범한 이후로 있었던 적도, 있어서는 안 되는 일이었습니다."

알렉스는 오늘 있었던 일들이 떠오르는지, 그 눈빛이 시시때때로 변했다.

"정부로서는 그 종교 집단에 신으로 있는 초자연적인 존재를 분명히 통제해야 하는데, 초자연적인 존재의 등장은 너무나 갑작스럽게 이루어졌습니다. 그래서 통제할 수단이 떠오르질 않습니다. 할 수 있는 일이라곤 종교 집단과 원만한 관계를 유지하여 시간을 끌면서, 한편으로는 그들을 통제할 수단을 마련하고 감시하는 것뿐입니다."

"계속."

"인류 역사상 그런 존재는 없습니다. 여러 종교에서 그들이 말하는 '신'이란 누군가에 의해 전해 내려오는 성서 속의 이야기였을 뿐이었습니다. 이것이 가장 큰 문제입니다. 이 종교 집단의 신은 초자연적인 능력을 지닌 실제 존재입니다. 대중에게 알려지면, 그 파급력은 상상할 수 없을 정도입니다. 정부의 최대 위기. 이 위기를 돌파하기 위해서는 할 수 있는 모든 방법을 동원해야 합니다. 그것이 비윤리적인 일이라 할지라도 말입니다."

정부 측 관료의 연설과 같았던 알렉스의 긴 말이 거기서 끝났다.

"그래. 정부에선 그들이 할 수 있는 모든 일들을 하려 할 테지. 네 말대로 그것이 비윤리적인 일이라고 해도 말이야."

미 정부에서는 그들이 동원할 수 있는 모든 자금, 기술,

재원을 통해 본교를 하나에서부터 열까지 파헤치려 할 거다.

그리고 그 수단 속에 윤리가 존재할 리 만무하다. 내 경고가 있었다고 한들, 어떻게든 나를 속이고 신도 납치 및 고문을 감행하는 일은 그들로서는 당연히 나아가야 할 수순이었다.

"신도들도 지금 본교에 일어나고 있는 일을 알 필요가 있겠지. 권, 너는 대회(大會)를 열어 모든 신도들을 섬으로 불러들여라. 어차피 미 정부에서 신도들의 신상을 아는 것은 시간문제. 그들의 눈치를 볼 필요가 없다고 생각하는데? 시간을 끌다간 신도들에게 정말 위험이 닥칠지도 모르는 일이다."

"예, 스승님. 제 생각도 그렇습니다."

"그리고 나를 대신해 네가 해야 할 일이 하나 더 있다."

"예."

"섬은 완전히 노출되었다. 항공모함을 운용할 인재가 필요하다."

아!

"그 말씀은……."

알렉스의 얼굴이 대번에 밝아졌다.

"저 항공모함을 본교의 터로 쓰려 한다."

        ✻   ✻   ✻

"정말 끝인 줄 알았습니다."

리차드 청이 힘겹게 입을 열었다. 알렉스가 나간 지 오래지 않아 그가 무척이나 무거운 얼굴로 나를 찾아왔다.

"그들로부터 저를 살려 준다는, 교주님의 말을 믿지 못한 제 잘못입니다. 미사일이 섬 코앞까지 날아왔을 때 전……."

나는 리차드 청이 무슨 말을 하려는지 알 것 같았다.

"'열쇠 KEY'를 파기했군."

리차드 청은 그렇다면서 고개를 떨어트렸다.

키워드만 치면 랜선으로 연결된 모든 기관에, 심지어 그 기관이 난공불락의 국방 기관이라 할지라도 관련 정보를 수집하는 정보 통합 AI.

리차드 청은 그가 창조해 낸 고금 최고의 해킹 프로그램을 스스로 파기한 것이다.

"죄송합니다."

"괜찮다."

아쉬운 마음이 없는 것은 아니지만 리차드 청의 해킹 프로그램은 지금 우리가 다루기엔 지나치게 과한 힘을 지닌 것이었다. 이를테면 흑천마검을 통제할 수 없듯, 지금 우리는 세계의 정보를 마음대로 취하고 그것을 이용할 만한 준비가 되어 있지 않았다.

"다시 만들 수는 있나?"

"바로는 안 됩니다."

리차드 청은 조금의 고민도 없이 바로 대답했다.

"열쇠는 순간적인 아이디어로 만들었습니다. 그런데 이번에 개발 과정 모두를 파기하고 말았으니…… . 다시 만들고자 한다면 꽤 오랜 기간이 걸릴 겁니다. 지금부터 다시 시작하겠습니다."

"아니. 당분간 너와 해커 신도들이 할 일이 많다. 너도 예상했겠지만 본교는 미 정부에 고스란히 노출되고 말았다. 이제 우리를 파헤치려 할 텐데, 그들의 계획이 무엇인지 그들이 움직이기 전에 먼저 알아내야 하겠지. 그 부분에 있어서는 지금과 같이 네게 전권을 주겠다. 내가 너를 지켜 줬듯, 이번에는 네가 본교를 지켜라."

"예."

리차드 청은 힘없이 대답했다. 파기한 열쇠 KEY가 계속 마음에 걸리지 않을 수 없었을 것이다.

이튿날, 캘리포니아 주 지방 신문의 한 면에 어제 있었던 전투가 실렸다.

[어제 28일경, 캘리포니아 주 서쪽 연안에서 실시했던 해군 제3함대와 연안 경비대의 합동 군사 훈련 도중 추락 사고가 연달아 일어났다. 지금까지 F—35 전폭기와 CH—47 헬리콥터가 해상으로 추락한 것으로 밝혀졌는데 정확한 개체 수는 해군에서 함구 중인 것으로 알려져 있다.

지난 25일, 해군의 무인정찰기 MQ—4C BAMS 'Triton'이 서부 연안에 추락한 것을 계기로 급작스럽게 시행된 이번 합동 군사 훈련은, 철저한 준비가 없었던 탓에 더 많은 사고가 일어났고 안타까운 생명도 희생시켰다.

정부에서는 아직까지 정확한 성명을 발표하지 않고 있다. 무수히 많은 추측이 난무하는 가운데, 군사 전문가 킴 로퍼드(47)의 "금번 군사 훈련에는 제3함대 항모타격전단의 지대지, 지대공 미사일 발사 훈련까지 포함되어 있습니다. 노후화된 미사일이 오폭하여 발생한 참담한 사고일 확률이 적지 않습니다."라는 주장이 전문가들 사이에서 가장 힘이 쏠리고 있는 중이다.

해군은 유가족들에게 진심 어린 애도를 전하고 충분한 보상을 할 것이라 밝혔다.]

※　　　※　　　※

아직까지는 어제의 전투가 기체(機體)들과 미사일들이 해상으로 추락했고 적지 않은 사상자가 나온 참담한 사고로만 알려지고 있다.

하지만 지금쯤이면 눈치 빠른 기자들이 벌써부터 눈에 쌍불을 키고 여기저기를 들쑤시고 다니는 중일 거다.

나는 미 정부가 언론을 어떻게 통제할지 무척 궁금했다.

항모에 타고 있었던 장병들만 해도 일만 명에 가까웠다. 입대를 한 순간부터 군사상 기밀을 지켜야 하는 의무를 진다지만, 목격자가 워낙 많았다. 미 정부는 일만이 넘는 사람의 입을 막고 전투를 사고로 위장해야 한다.

지금 같은 시대에 그게 가능할까?

푸니타가 가져온 토스트를 다 먹었을 때쯤, 지방 신문 신문도 다 읽었다.

"사부님."

팀이 들어왔다. 오늘 아침에 일어나자마자 그에게 일을 하나 맡겼었다.

"깔끔하다고 봐야겠는데요? 경비정 몇 척만 남아 있을 뿐이니까요."

"아직까지 철수하지 않았어?"

섬을 포위했던 연안 경비대의 경비정들을 두고 하는 말

이다.

"그래서 당당히 사부님의 말씀을 전하려 했죠! 당장 철수하지 않으면 전투를 지속하는 것으로 알겠다고 말입니다. 선두에 다른 경비정들보다 큰 경비정이 있길래, 거기에 지휘관이 있을 거라고 판단, 거기로 갔죠. 그런데 마이클 스필란드? 라는 연안 경비대 부사령관이 있던데요. 우리가 나오길 기다리고 있었답니다."

"널 보고 아무런 반응이 없던가? 대부분 널 알 텐데."

"무덤덤했습니다. 제가 본교의 신도인걸 알고 있다는 듯이요. 저도 그러려니 했습니다. 그쪽 사람들, 알 만한 사람들은 다 알겠죠. 어쨌든 제가 사부의 전언을 강력하게 말하려고 했는데, 그 인간이 먼저 선수 쳤습니다. 철수를 원하면 철수하겠다고."

"그런데?"

"벌써부터 기자들이 꼬인대요. 우리를 막고 있는 게 아니라 기자들을 막고 있는 거랍니다. 섬에 못 들어오도록. 그래서 전 별 대답 없이 시크하게 돌아섰죠. 어떻게 하면 좋을지 사부님의 뜻을 알고 싶어서 이렇게 바로 돌아왔습니다."

"당분간은 그대로 놔두는 게 좋겠지. 기자도 그렇지만, 어차피 저들도 시신을 수습해야 하니까. 생존자가 있다면 구해야겠지, 안 그래?"

"사부님은 참……."

팀이 고개를 끄덕이며 엄지손가락을 치켜들었다.

"아 참, 오면서 밀튼을 만났습니다. 교화실에 있는 애들을 어떻게 하면 좋을지 묻던데요."

누구? 라고 물을 뻔하다가 첨단 장비로 무장한 해군의 모습이 떠올라 입술을 붙였다. 큰 사건이 있었던 탓에 교화실에 구금되어 있는 포로들을 까맣게 잊고 있었다.

섬에 침입했던 네이비씰 6팀 24인 전원.

"밀튼과 함께 있던 용병들은 포로들을 동정하는 쪽인 것 같았습니다."

"그렇겠지. 나라도 그들을 포기했으니까. 그리고 용병들 중에는 네이비씰 출신도 있잖아."

"그래도 바로 어제, 섬을 폭격했던 자들이 누구인지 잊은 모양입니다."

우리는 서재에서 나와 6팀이 구금되어 교화실로 향했다.

교화실 입구와 모니터실에 있던 용병들이 팀을 발견하고 무겁게 고개를 숙였다. 팀은 본교의 네 명뿐인 장로중 한 명. 그럼에도 불구하고 고개만 까닥였던 그들이었는데, 이제는 그들의 태도에서 존경심이 엿보이기까지 했다.

어제의 여파다. 팀이 수련을 해서 범인 이상의 능력을 가지고 있음을 알게 되었을 때도, 그들은 그렇게 달라지지 않았다. 하지만 어제를 경험한 이후로 본교에 대한 생각도 크게 달라진 것 같다.

용병들은 신비스러운 수련을 하는 비밀 종교 집단의 일원에서 현신(現神)을 두고 섬기는 진정한 교도로 변모했다. 그러니 사 장로 중 하나인 팀을 대하는 태도도 달라질 수밖에 없다.

어제를 기점으로 본교는 많은 게 달라질 거예요, 팀이 그런 눈빛을 반짝였다.

"다들 죽음을 기다리고 있네요. 그 네이비씰 팀이 저렇게 무력하게 있는 꼴을 보니, 왠지 기분이 나쁩니다."

팀이 교화실 안이 보이는 유리창으로 고개를 돌리며 말했다.

팀의 말대로 네이비씰 6팀 24인은 쥐 죽은 듯이 가만히 있었다. 그들은 처음 구금되었을 때만 해도 간단한 운동을 하면서 몸의 긴장을 유지했었다. 기회가 엿보이면 바로 탈출하겠다는 듯이 말이다. 하지만 지금 그들은 사형수 그 자체였다. 정부로부터 구출 포기 선언을 들었으니, 그 마음을 이해 못 하는 것도 아니라고 생각했다.

"하지만 연기겠죠?"

그러면서 팀이 교화실 문을 열고 들어갔다.

팀의 말대로, 우리가 교화실로 들어가기 무섭게 그들은 자리에서 벌떡 일어나 우리에게 덤벼들었다. 나는 한 발 자국 뒤로 물러났다.

퍼억퍼억!

"저번만으로는 주제를 파악 하지 못하는 거지?"

팀이 순식간에 그들을 제압한 후 뜨거운 숨을 뱉으며 말했다. 그의 주변에는 24인 모두가 바닥을 뒹굴며 고통 스런 신음을 흘리고 있었다.

"밀 해먼."

팀이 밀 해먼 대위의 멱살을 잡아 일으켜 세웠다. 대위 는 얼굴을 일그러트리고 있으면서도, 눈빛에 투지가 꿈틀 거리고 있었다.

"나는 정(Jung)이라고 합니다."

"……."

그는 말없이 나를 노려봤다.

"당신과 태평양 통합사 해군구성군 사령부가 대화를 했 을 때, 나는 저 유리 너머 방에서 보고 있었습니다. 그때 가 26일였죠."

그제야 그에게서 반응이 왔다. 뿐만 아니라 쓰러져 있

는 나머지 대원들도 이쪽을 바라봤다. 우리가 그들을 어떻게 할지 궁금해하지 않을 수 없을 것이다.

내가 팀에게 고개를 끄덕이자, 팀은 그의 멱살을 잡고 있던 손을 놓았다.

"그날 사령부는 당신에게, 당신과 팀을 구출하지 않겠다는 뜻을 밝혔었습니다. 당신도 팀도 모두 알고 있지요?"

"우리는 구출을 희망하지 않는다. 그러니 우리로 뭔가를 얻어 낼 생각이라면 포기해."

"의외이긴 했습니다. 이렇게 24명이나 되는 미국 시민, 특히 국가를 위해 헌신한 당신들을 모두 포기할 줄은 몰랐습니다. 우리가 알던 미국은 이런 나라가 아니었으니까요."

"군에서 우리를 구출하지 않겠다는 게 무슨 뜻인지, 아직 감이 안 잡혀? 너희들은 전부 끝났어. 이봐, 너."

그가 팀에게로 시선을 돌렸다. 팀이 나?, 하는 식으로 자신을 손가락으로 가리켰다.

"사투(Desperate Struggle)는 잘 봤다. 그날은 내 결혼기념일이었지. 나와 부인은 모처럼 부대 마을의 영화관에 갔어. 영화를 다 본 후에 부인이 '당신도 저렇게 싸워?'라고 묻더군. 그래서 내가 대답했지. '저건 영화잖아.' 라고."

"여긴 영화 속이 아니지."

팀이 씰룩, 웃으며 대답했다.

"우리는 죽을 거다. 그런데 죽기 전에 궁금증 좀 풀자. 어떻게 너 혼자서 우리를 제압할 수 있는 거지? 아니, 그건 그렇다 쳐. 그날 우리가 봤던 '괴물'이 너인가? 배우 나부랭이였다고?"

그가 말하는 그날이란 그들이 섬에 침투했던 날을 말한다.

"왜 벌써 죽을 거라고 생각하는 거지? 너희들은 아직 살아 있어. 여기 있는 정에게 잘 빌어 봐. 너희들을 어떻게 할지는 정이 판단하거든. 이래 보여도 정은 교단의 총책임자야."

팀이 웃으면서 나를 바라봤다. 자연스럽게 밀 해먼 대위의 시선도 내 쪽으로 따라왔다.

"교단? 역시 여긴 모스크(Mosque)였나. 뭐 아무래도 좋아. 대답하고 싶지 않으면 하지 않아도 좋다. 어차피 오늘 내일하긴, 다 같은 처지니까. 폭격이 언제 시작할지 궁금하지 않아? 어쩌면 지금일지도 몰라. 쾅!"

분명, 밀 해먼 대위의 어투와 표정에는 비장감이 서려 있었다.

"우하하하!"

팀이 참지 못하겠다는 듯이 웃어 젖혔고, 나는 그에게 고개를 저어 보였다. 팀이 간신히 웃음을 참으며 입을 다물었다.

"하던 말을 계속 하죠. 당국은 당신들의 신병 인도를 28일 18시까지로 요구했었습니다. 응하지 않으면 바로 이 여기를 폭격하겠다면서 말입니다."

그럼 그렇지.

밀 해먼 대위가 그런 표정으로 입가의 피를 손등으로 쓰윽 닦으며 피식 웃었다.

"오늘이 며칠인 것 같습니까?"

24인 전원의 얼굴에 스멀스멀 피어오른 미소를 보며 나는 고개를 저었다.

"오늘은 29일입니다."

내 말에 모두의 눈이 큼지막하게 떠졌다.

*　　　*　　　*

원래 네이비씰 6팀의 해외 작전은 불법이다. 하지만 이들 6팀 24인 전원은 '테러와의 전쟁'이 선포된 9.11 이후부터 시리아, 이란, 파키스탄 등 정예 군사 작전이 필요한 여러 아랍 국가에서 활동을 해 왔다.

그들이 침투하면 인질 구출은 물론이고 요인 암살, 목표물 폭파에 이르기까지 다양한 작전들이 모두 성공에 이르렀다.

그들이 아랍에서 그렇게 목숨을 다해 작전을 수행할 수 있었던 이유에는 물론 애국심도 있겠지만 긴급 지원 시스템을 간과할 수 없었을 것이다. 긴급 지원 시스템이란 작전상 위급 상황이 발생했을 때, 5분 대기조로 있는 인근의 미군 기지에서 그들을 구출하고 작전을 돕기 위해 추가 요원은 물론이고 전폭기와 헬기 그리고 미사일들을 지원해 주는 시스템을 말한다.

한 마디로 24인 전원은 수없이 많은 폭격의 현장을 봐 온 전문가라고 할 수 있다. 그래서 폭격의 최고봉이라 일컬을 수 있는 항모타격전단의 위용은 그 누구보다 잘 알고 있다고 해도 과언은 아니었다.

"연안에서 항모타격전단이 운용됐다고? 그럼 왜 아직까지 이렇게 조용할까. 수법이 너무 유치하네. 내 아들도 너희보단 똑똑하겠어. 안 그래들?"

밀 해먼 대위가 말하자, 그의 동료들이 낄낄 웃었다.

"대위가 생각하기론, 항모타격전단이 출격하지 않았을 것 같습니까?"

"전단이 운용된다는 것은 말이야…… 아니아니, 차라리 우리를 고문하는 게 어때. 그 편이 낫겠어."

"최고 정예라는 네이비씰 6팀이 자국 내에서 모두 포로가 되었습니다. 그리고 당신들이 어떻게 포로가 되었는지는 당신들이 장비하고 있던 카메라에 전부 송출되었을 테지요. 더군다나 당신들도 그렇게 알고 있겠지만, 미 정부는 이 섬을 무인정찰기 트리톤을 격추시킨 지대공 미사일이 숨겨져 있는 곳으로 인식하고 있었습니다. 또 하나 더 말하자면 이 섬에는 미 정부에서 갖지 못하면 반드시 파기하고 싶은 어떤 것이 있었습니다. 그럼 항모타격전단을 출격시키는 게 무리는 아니라고 봅니다만?"

"출격하지 않았다. 정확한 증거가 여기 있잖아. 우리가 대화를 하고 있다는 거."

"그러니까 어제 28일, 미 정부는 그들이 예고했던 대로 섬을 폭격했고 해상 200km 밖으로 항모타격전단을 대치시켰습니다. 당신들을 희생시켜서라도 이 섬을 지워 버리고 싶었던 거지요."

"큭. 차라리 고문을 하라니까. 얼마든지."

그는 어처구니없다는 듯이 코웃음 쳤다.

"고문이라 하였습니까? 당신들은 본교의 고문을 이겨내지 못합니다. 고문을 하지 않는 이유는 당신들에게 알아낼 게 없기 때문입니다. 알고 싶은 것도 없습니다. 이렇게 당신들과 대화를 하는 이유는……. 그저 당신들이 딱해서 그렇죠."

"유치해서 못 참겠군. 이런 수법에 넘어가는 사람이 있긴 하나? 도대체 이 매뉴얼은 어떤 작자의 머리에서 나온 거야?"

"끝까지 들으세요. 어제 6시를 기점으로 약 1시간 정도 본교와 미군 사이에 전투가 있었습니다. 미군에서는 아시다시피 제3함대 항모타격전단 등 할 수 있는 모든 수단을 다 동원했지만, 결과만 말하자면 본교는 아무런 피해가 없었습니다. 오히려 미군은 항모타격전단의 중심이었던 항공모함 존 C. 스테니 함을 본교에 양도하고 전투를 중지했습니다. 이게 무슨 뜻인지 다들 잘 아리라 믿습니다."

"영화를 찍는군. 거기 너. 네 머리에서 나온 거지, 이 모든 게? 개봉하면 한번 보러 가 줄게."

그가 팀을 향해 실실 웃으면서 묻자, 팀은 그저 어깨만 으쓱했다.

"당신들도 알고 있어야 할 것 같아서 알려주는 것뿐입니다. 자, 모두 일어나세요. 밖으로 나갈 겁니다."

"그래. 다들 일어나. 집으로 가자!"

밀 해먼 대위가 호기롭게 외쳤다. 대원들은 자리에서

일어나 나를 바라봤다. 방금 전까지만 해도 나를 조롱하며 낄낄거리고 있었던 사람들의 표정이 다양하게 변했다.

밖으로 나가는 길이 처형장으로 향하는 길일까? 아니면 집으로 가는 길일까?

"도망갈 생각은 꿈도 꾸지 마."

팀이 그렇게 말하며 밖을 볼 수 없는 유리창 너머로 신호를 보냈다.

잠시 뒤 문이 열리면서 자동 소총으로 무장한 용병 넷이 안으로 들어왔다. 팀에게 살짝 고개를 끄덕인 용병들의 얼굴엔 여유가 넘쳤다.

"나를 따라오세요."

꿀꺽.

그 순간 밀 해먼 대위의 목울대가 크게 꿀럭였다. 그는 그의 대원들에게 의미심장한 눈빛을 보낸 뒤 먼저 나를 따라나섰다.

나와 팀이 앞서 걷고, 용병 넷은 제일 후방에서 24인에게 총을 겨누며 걸었다. 밀 해먼 대위는 교화실 밖으로 나오면서부터 모든 것을 기억하고야 말겠다는 눈으로 주위를 주시했다.

"나라면 눈을 감겠습니다. 많이 보면 볼수록, 본교에서는 당신들을 되돌려 보내 줄 수가 없겠죠."

나는 그렇게만 말했다. 우리 중 누구도 그들이 보안실 전체를 두리번거리는 걸 저지하지 않았다.

지상으로 나오는 마지막 계단을 밟을 때였다. 바로 옆에서 억, 소리가 났다. 팀이 밀 해먼 대위의 목을 헤드락 형식으로 옆구리에 끼면서 말하고 있었다.

"너도 참 끈질기다. 그렇게 맞고도 정신을 못 차려?"

처음, 밀 해먼 대위가 노린 사람은 팀이 아니라 나였다. 나를 인질로 붙잡고 이 상황을 타개하려는 생각인 것 같았는데 팀의 반사 신경을 미처 생각 못 한 행동이었던 것이다.

철컥.

용병 넷이 겨눈 자동 소총들이 후방에서 위협적인 소리를 냈다.

"동료들을 모두 죽이려는 겁니까? 밀 해먼 대위. 아무런 소용없는 짓이란 걸 왜 모릅니까."

내가 말했고.

"여기는 너희들이 살던 세상이 아니야."

팀도 한마디 덧붙였다.

그 뒤로 밀 해먼 대위는 조용해졌다.

보안실에서 나온 우리는 저택을 돌아 해안에 도착했다.

아침 햇살이 내려앉은 파란 바다는 지극히 아름다웠다.

나와 팀이 느긋하게 주변 광경을 바라보고 있는 반면, 24인 전원의 시선은 오로지 한 곳에 못 박혀 있었다.

연안에 덩그러니 떠 있는 항공모함, 존 C. 스테니. 바로 그곳이다.

"어째서……."

밀 해먼 대위가 중얼거렸다. 구축함의 호위를 받아야 할 항공모함이 홀로 떠 있는 모습은 그들에게 그 어떤 광경보다도 충격적으로 다가온 모양이다. 밖으로 끌려 나와 집으로 돌아가게 될지, 죽게 될지 모르는 극단적인 상황에서 보여 줬던 다양한 표정들 또한 하나로 일치했다.

혼란!

수많은 훈련과 작전 경험 덕분에 어지간한 일에는 동요하지 않던 그들이 그간 억눌러왔던 감정이 이 순간 밖으로 표출됐다. 나는 그런 그들을 가만히 내버려 뒀다.

"믿고 싶은 것만 믿으려는 마음은 알겠어. 하지만 직접 보고 있잖아. 뭘 더 생각하는 거야. 미국은 우리에게 항복했어."

팀이 밀 해먼 대위의 등에 대고 말했다.

"저 항모는 분명히……. 미합중국이……. 항복을 해? 항복을……. 여기는 우리 영토……."

대다수의 대원들이 밀 해먼을 바라보고 있었다. 혼란이

가득한 얼굴로, 어린아이 옹알이하듯 알아듣지 못할 불분명한 말들을 중얼거리면서 말이다.

"당신! 확인이 필요해."

밀 해먼이 갑자기 나를 돌아보며 말했다.

"아니요. 당신들은 본교에 아무것도 요구할 수 없습니다."

"우리에게 얻을 정보가 없다고 하지 않았어? 그래서 고문도 없다? 그런데 대체 이러는 저의는 뭐지? 우리에게 뭘 바라는 거야? 설사 우리가 너희들을 믿는다고 쳐. 미합중국이 너희들의 알라에게 항복했다고 치자고. 그러면 우리가 니콜라스 브로디가 될 것 같아?"

니콜라스 브로디?

모르는 이름에 이맛살이 구겨졌다. 이어지는 팀의 대답을 듣고 나서야, 그 이름이 미국 유명 드라마의 주인공 이름임을 알 수 있었다.

"니콜라스 브로디? 홈랜드의 브로디 말이야? 난 또 뭐라고. 네이비씰이면 드라마 볼 시간도 없는 줄 알았지 뭐야."

팀이 계속해서 말했다.

"너희들 뭔가 단단히 착각하고 있는 모양인데 우린 회교도가 아니야."

그럼 뭔데?

밀 해먼 대위는 그런 눈빛으로 팀을 주시했다.

"우린 혈마교(Blood devil religion)의 신도들입니다."

나는 팀의 말을 이어받았다.

밀 해먼 대위는 더러운 오물을 뒤집어 쓴 것처럼 얼굴을 구겼다. 본교의 이름을 처음 듣는 사람들은 다들 그와 같은 반응을 하곤 했다. 하지만 집회에 참여하여 교주인 나의 능력을 보고, 경전을 통해 교주가 왜 스스로를 혈마라 자처하는지 알게 되면 광적으로 빠져드는 게 바로 본교였다.

처음 이 세상에 혈마교를 전파하기 시작했을 때 이름을 바꿀까도 고민했었다. 대중들에게 친숙하게 다가갈 수 있는 이름들, 이를테면 자연과 동물 그리고 평화를 담은 단어를 써서 말이다. 그러나 내 힘의 뿌리가 저쪽 세상의 혈마교에 있는 이상, 이름을 바꾸고 싶지 않았다. 이미 교리까지 바꿨으니까.

"본교는 생신(生神:살아있는 신)이신 교주님을 섬긴다. 교주님은 전지전능한 능력을 가지신 '신'으로 이 세상에 만연한 악을 처단하기 위해 스스로를 혈마라 자처하신 분이시지."

팀이 자랑스럽게 말한 반면에, 밀 해먼 대위를 비롯한

6팀 대원들은 경멸에 가까운 시선으로 팀을 바라봤다.

여긴 미친놈들이 가득한 사이비 종교 집단이었어, 입 밖으로 내고 있진 않지만 다들 그 말이 목구멍까지 치밀어 오른 듯 보였다.

그게 팀의 기분을 건드린 모양이다.

"내가 너희들을 어떻게 제압했냐고? 이상하지? 이상할 수밖에. 영화 속에서 나는 영웅이었지. 하지만 현실은? 그저 배우일 뿐이잖아. 그런 내가 너희들을 모두 제압했어. 살인 병기인 너희들 24명을 모두 말이야. 모두 교주님의 가르침 덕분이지. 지금 나를 미친놈처럼 바라보고 있는데, 우하하하! 아무것도 모르는 건 너희들이야. 다시 말하지만 여기는 너희들이 알던 세상이 아니야, 멍청한 놈들."

나는 팀에게 고개를 저어 보인 후 입을 열었다.

"본교는 당신들을 어떻게 처분할지 고민 중에 있습니다. 말했다시피 당신들은 본교에 아무런 쓸모가 없어요. 당신들을 포로로 두고 미 정부와 협상을 한다? 그럴 마음도 없습니다. 이미 당신들의 정부는 우리에게 무조건적인 항복을 했으니까요. 그렇다고 당신들을 무조건 돌려보낼 수 없다는 것도 잘 알 겁니다."

"혈마교라고? 미친 광신자 놈들……."

"왜 우리를 자극하는지 이해가 되지 않네요. 아무런 득이 없을 텐데."

"광신자들하고 무슨 얘기를 할까? 어차피 죽을 거 욕이나 한바탕 퍼부어 줘야 죽을 때 억울하지나 않겠지."

"아직 목숨이 붙어 있는 이상, 말을 삼가는 게 좋을 겁니다, 대위……. 본교는 그래서 당신들에게 선택권을 주려 합니다. 이렇게 본교가 당신들을 배려하는 이유는 당신들을 악(惡)이라 규정하지 않았기 때문입니다. 당신들은 두 가지 선택을 할 수 있습니다."

"듣고 싶지 않아."

"하나는 본교의 신도가 되는 겁니다."

"그럴 일이 있을 리가."

"두 번째는 교화실에 감금된 채 미 정부의 구출을 기다리는 겁니다. 두 번째를 선택해도 우리는 당신들을 고문하거나 죽이지는 않을 겁니다. 대신 당신들을 구금하는 동안 드는 비용은 미 정부에 청구할 거고, 미 정부는 그걸 이행해야만 할 겁니다."

"여긴 완전히 미쳤어. 완전히."

그의 마음을 이해 못 하는 것도 아니라서, 나는 무시하고 계속 말했다.

"항모타격전단을 출격시켰다, 폭격을 시도했으나 실패

하고 도리어 무조건 항복을 하고 말았다. 미국의 항복. 상식적으로 믿기 힘든 일입니다. 이해합니다. 그래서 당신들의 상부와 다시 연락시켜 주고자 합니다. 같이 돌아가서 연락을 시도해 봅시다. 어떻습니까?"

"상부와 연락을?"

"네."

"마음대로. 무슨 미친 짓을 꾸며 놨는지는 몰라도, 포로는 하라는 대로 해야지."

제4장

백악관으로

팀은 조금 불만에 차 있었다. 본교를 무시하는 저들을 배려하고 선택권을 준다는 게 그 이유였다. 그러면서 팀은 영화를 찍을 때 특공대원과 인터뷰를 했던 일화를 얘기했다.

팀이 인터뷰를 했던 특공대원은 미 육군으로 소속을 밝히지는 않았지만 네이비씰 못지않은 전적을 가진 퇴역 군인이었다 한다.

특공대원은 포로로 잡혔을 때, 고문을 항상 염두에 둔다. 실제로 인터뷰에 응했던 특공대원은 시리아의 비밀기관에 구금되어 반년 넘게 혹독한 고문을 매일 받았다고 밝혔다. 그것을 증명하기라도 하듯 그의 온몸은 온갖 흉터로 가득했다 한다.

흔히 알려진 군진수칙으론 포로가 되면 계급, 이름, 연령 등 신상에 대한 것 외에는 진술하지 않으며 아군과 우방에 불리한 어떠한 요구에도 응하지 않아야 한다는 것이 있다.

그런데 특공대원들의 군진수칙에는 다른 사병들과는 다른 원칙이 있다고 했다. 구출을 기다리기보다는 자력구제를 제일 원칙으로 하되, 도주하거나 구출되었을 때를 대비하여 가능한 적의 모든 정보를 모으고, 그 방법으론 '좋은 형사, 나쁜 형사' 방식을 취한다는 것이다.

좋은 형사는 적에게 회유당한 체하며 거짓 정보를 적에게 누설, 역으로 적의 정보를 모으는 역할을 맡는다. 그리고 나쁜 형사는 고문을 각오한 무조건적인 반발로 좋은 형사 역을 맡은 동료를 배신자로 부각시키는 역할을 한다고 한다.

하지만 여기에는 절대적인 원칙이 있다고 했다. 나쁜 형사 역을 맡은 이는 무조건적인 반발을 하되 최대한 적을 도발하지 않고 생존을 도모해야 한다는 것이다.

"그럼 밀 해먼 대위는 '나쁜 형사'를 맡았겠군."

"그런 줄 알고 있었습니다. 그런데 저건 그저 죽여 달라고 외치는 꼴 밖에 더 되지 않습니까? 사부님."

팀이 유리창 너머 교화실 안을 바라보며 말했다. 밀 해먼 대위는 벽에 등을 기댄 채 얼굴을 무릎 사이에 파묻고 있었다.

"포로가 되었을 때의 여러 시나리오가 있을 거야. 하지만 지금은 그 어떤 것도 해당하지 않겠지."

"오히려 우리가 고문을 하지 않으니까 더 당황해 하는 것 같은데, 그냥 고문해 버리죠. 상대는 우리를 죽이려던 무리입니다."

"좋아. 고문을 허락하지."

팀의 눈빛이 순간 흔들렸다. 내가 그런 팀의 어깨를 장난 식으로 때리자, 팀도 평상시처럼 웃으며 넘겼다.

팀과 알렉스는 이 세상에서 단둘뿐인 내 제자지만 둘의 성격은 판이하게 달랐다. 만약 알렉스에게 고문을 허락한다고 했으면, 그는 표정 하나 달라진 것 없이 교화실 안으로 들어갔을 것이다.

"준비가 다 끝났습니다."

보안실 한쪽 방에서 리차드 청이 문을 열며 말했다.

팀이 밀 해먼 대위를 교화실에서 끌고 나왔다. 우리는 그를 대동한 채 리차드 청이 있는 방으로 들어갔다. 리차드 청이 앉아 있던 자리를 비켜 줬고, 나는 거기에 밀 해먼 대위를 앉혔다.

자리에 있던 노트북 모니터를 확인한 밀 해먼 대위는 눈썹을 찌푸리며 우리를 돌아봤다. 해킹된 해군 사령부의 감시 카메라가 그쪽 광경을 노트북 모니터로 적나라하게 송출하고 있었다.

밀 해먼 대위에게 위성 전화기를 건넸다.

"우리가 걸기보단, 대위가 직접 거는 게 좋겠지요?"

밀 해먼 대위는 말없이 버튼을 눌렀다.

그리고 잠시 뒤 노트북 안 해군 사령부 안이 분주하게 움직이기 시작했다. 밀 해먼 대위의 보안 번호로 연락이 시도됐기 때문이다.

딸깍.

해군 사령부에서 여군이 전화를 받았지만 아무런 말을 하지 않았다.

"밀 해먼 대위다. 여기는 팀이 구금된 작전 지역으로, 나 또한 구금 상태에 있다. 현재는 적의 감시하에 연락을 취한 것이며, 사령부 내의 감시 카메라를 통해 그쪽을 보고 있다. 아마도 사령부 시스템을 해킹한 것으로 추정된다."

밀 해먼 대위는 혹시라도 우리가 그의 말을 막을까, 빠르게 말했다.

모니터 속 여군은 그녀의 뒤로 다가온 장교에게 자리를
비켜 줬다.

　　[대위인가?]

　　장교는 일전에 비슷하게 대화를 나눴었던 자였다.

　　네이비씰 전략 참모장, 캔드할 대령.

　　"마음대로 대화를 나누세요. 막지 않겠습니다."

　　내가 말했다.

　　"밀 해먼 대위입니다."

　　밀 해먼 대위는 우리 쪽을 여전히 돌아보지 않은 채, 노
트북 모니터만을 바라보며 말했다.

　　[그자들이 대위 곁에 있나?]

　　"예."

　　[총책임자인 정이라는 사람도 있나?]

　　"있습니다."

　　[그를 바꿔 주게.]

　　그제야 나를 돌아본 밀 해먼 대위를 향해 나는 고개를
저어 보였다.

　　"거부 의사를 보였습니다."

　　[긴급한 일이다.]

　　나는 거기에 대고 이렇게 말했다.

　　"밀 해먼 대위. 그쪽이 확인하려던 것을 먼저 확인하세

요. 그런 연후에 대령의 요청에 응하겠습니다."

밀 해먼 대위는 내 뜻을 사령부에 전했다.

"경우에 어긋나는 일이란 걸 알지만, 이들의 주장이 너무 터무니없기에 군의 확인을 바랍니다. 이들은 28일 6시경 우리 군과 전투를 벌였고, 우리 군이 사실상 항복을 하였다 주장하고 있습니다. 사실입니까?"

[극비다.]

캔드할 대령은 추호의 망설임도 없이 그렇게 대답했다.

"대령님. 작전지에 구금된 것은 우리 대원들입니다. 확인을 바랍니다."

[아직까지는 내 선에서 대답해 줄 수 없다.]

캔드할 대령의 그 말은 사실상 항복을 인정한 것이나 다름없었다.

그 말이 어찌나 충격이었던지, 밀 해먼 대위는 조용히 위성 전화기를 탁자에 내려놓고는 양손으로 얼굴을 감쌌다. 이마를 받친 대위의 손과 팔 전체가 부들부들 떨리기 시작했다.

[대위? 대위?]

위성 전화기에서 캔드할 대령의 목소리가 계속 들려왔지만 밀 해먼 대위는 자리에서 일어났다. 그의 몸이 크게 휘청거렸다.

"감금실로 돌려보내 주시오……."

축 늘어트린 고개 아래서 무거운 목소리가 흘러 나왔다.

"확인은 끝났습니까?"

그는 대답을 하지 않았다.

나는 팀에게 그를 감금실로 데리고 가라는 눈빛을 보낸 후, 빈자리에 앉았다.

[대위? 대답하라.]

"밀 해먼 대위는 돌아갔습니다. 저는 정입니다. 전기를 다시 공급하기 시작했더군요. 다시는 그런 일로 본교의 심기를 거슬리지 않기를 바랍니다."

[그대들과 대화를 원합니다. 그대가 책임자라 알고 있소만.]

"맞습니다."

[우리는 그대들을 테러리스트 청의 잔당이라고 생각하고 있었습니다만, 큰 오해였다는 것을 알게 되었습니다.]

캔드할 대령의 어투는 저번에 비해 확연히 바뀌어 있었다.

[혈마교가 맞습니까?]

조금은 놀랐다. 어떤 식으로 정보를 규합한 것인지는 모르지만, 미 정부는 하루 만에 이 섬의 정체를 정확히 파악한 것이다.

할리우드 관련 소식을 다루는 조그만 일간지에 본교에 대한 기사가 조그맣게 실린 적이 있었긴 하다. 하지만 그 것만으로 우리를 밝히기에는 대외적으로 정확히 알려진 바가 없다.

역시 영원한 비밀은 없다.

신적인 능력을 지닌 교주가 있는 비밀 종교. 집회에 참여하여 그 초자연적인 능력을 본 신도들이 수백. 미 정부는 뭔지 모를 조그마한 실마리를 추적해서 한 신도에까지 도달했는지도 모른다. 그리고 그 신도는 본교에 대해 어느 정도 떠벌여 놓았을 테고.

저들이 우리에 대해 어떻게 알게 되었는지 정확히 하기 위해서는, 아무래도 리차드 청의 능력이 필요할 것 같았다.

나와 눈이 마주친 리차드 청은 눈빛 속에 담긴 뜻을 알아듣고 고개를 끄덕였다.

"맞습니다."

[교주가 있는 것으로 압니다. 그날 그 사람이 교주입니까?]

"무슨 말씀을 하는지 모르겠군요."

[어제 말입니다. 어제 항모와 백악관에 들렀던 그 사람

이 당신들의 교주냐는 것입니다.]

"캔드할 대령. 상부에서 우리를 대할 때 지극히 신중히 하라는 말을 못 들었나요? 분명히 백악관에서 그런 지시가 내려왔을 겁니다. 그리고 우리와 연락이 닿으면 바로 백악관으로 돌리라는 지시도 있었을 텐데요? 지금 당신이 우리에게 취하는 행동을 백악관에서 알면, 당신은 아마 옷을 벗어야 할 겁니다."

[…….]

"백악관에서 정확하게 무슨 일이 일어난 건지 당신네들에게 자세히 설명하지 않았겠지요. 군인이면 군인답게 지시에 따르세요. 회선을 백악관으로 돌리세요. 아니면 옷 벗을 각오를 하였다면 어제 항모와 백악관에서 무슨 일이 있었는지 알려 주겠습니다."

[……. 회선을 돌리겠습니다.]

잠깐의 정적 끝에 캔드할 대령이 대답했다. 모니터 속 그는 잔뜩 성질이 난 건지 옆에 있던 책상을 주먹으로 내리쳤다.

그의 행동으로 볼 때 더 확실해졌다. 그도 미국이 왜 항복을 했는지 자세한 내막을 모르고 있다. 그러니 이 어처구니없는 상황이 분하고, 그나마 알고 있는 몇 가지 사실 또한 도저히 믿을 수 없는 일뿐이니 답답한 것이다.

잠시 뒤.

백악관 쪽으로 연결이 넘어갔다.

[기다리고 있었습니다. 미합중국 대통령입니다.]

위성 전화기에서 미 대통령의 음성이 흘러 나왔다.

"본교를 책임지고 있는 정입니다."

[반갑습니다. 정.]

"저도 그렇습니다."

언제 생각이나 했을까? 미 대통령과 대화를 할 날이 올 줄이야. 더욱이 이런 상황과 위치해서 말이다.

[정이라 부르면 됩니까?]

"그렇습니다. 대통령님."

[용건을 바로 말하겠습니다. 그대들과 우리와의 핫라인 (hot line)을 개설하고 싶습니다. 이번과 같은 사고나 오해 로 인한 우발적인 전쟁을 방지해야 할 필요성을…… 양측 모두 느끼고 있다고 생각합니다.]

"그건 틀린 말씀입니다, 대통령님. 그런 필요성을 느끼 고 있는 건 미 정부뿐입니다."

[정은 미국 시민입니까? 다름이 아니라 이렇게 묻는 이 유는, 정이 미국 시민이었던 적이 있었다면 우리 정부가 이번 사건으로 얼마나 많이 당혹스러울지 이해해 줄 거 라, 믿기 때문입니다.]

"정부의 입장을 이해하려 합니다. 교주님께서도 그렇습니다. 어제 교주님께서 그쯤에서 그만두신 건, 그런 연유에서 입니다. 만일 교주님께서 정부의 행동을 이해하려 하지 않았다면……. 그래서 자비를 베풀지 않으셨다면 미국이란 나라는 어제 없어졌을 겁니다."

[오해에서 비롯된 일이었습니다.]

미 대통령은 시종일관 정중한 태도를 취했다.

"핫라인 개설은 직접 만나서 더 깊은 대화를 나눈 후에 결정하는 게 좋겠습니다."

[그……가 오는 겁니까?]

"그럴 리가요. 내일 제가 직접 대통령님을 찾아뵙겠습니다."

*   *   *

내가 신분 위장에 신경을 쓰는 이유는 오직 하나.

사랑하는 사람들 때문이다.

미 정부에 혈마교와 내 힘이 노출된 지금, 위장 신분의 필요성은 이전과 비교할 수 없을 정도로 커졌다 할 수 있었다.

"정을 아메리칸 계통으로 만들걸 그랬어. 닉네임도 정

이 아니라 탐 같은 흔한 이름으로. 스피킹 공부를 따로 해
야 하나…….”

거울 속에 비친 정의 얼굴에 나는 약간의 후회가 들었
다.

현재 사용하고 있는 정의 외모는 원래 내 외모와 많은
부분이 흡사하다. 전체적인 골격을 손대지 않고 오로지
안면골격 쪽, 그것도 코와 턱 부분만을 고쳤기 때문이다.

같은 동양인이 봤을 때는 정과 정진욱의 얼굴을 충분히
다른 사람으로 인식하겠지만, 서양인이 봤을 때는 또 다
르다. 그게 지금 후회가 드는 부분이었다.

지금까지 내가 썼던 신분은 레드웨이 엔터테이먼트 회
장 정재원, 팀의 한국인 친구 김청수 등이 있다. 월스트리
트에서 위장 신분을 썼을 때 느꼈던 것이지만, 아메리칸
계열의 신분을 다시 사용하기 위해선 영어 발음부터 보다
본토 발음에 가깝게 만들어 둬야 할 것 같았다.

후회는 그쯤에서 접어 두고, 미 대통령을 만나기 위해
저택을 나섰다. 팀이 내 경호를 맡겠다고 자처해 나섰지
만 그가 워낙에 유명 인사인 탓에 밀튼을 불렀다.

“오우! 슈트. 말쑥하게 잘 빼입었네. 이 시국에 파티라
도 가는 거야?”

밀튼이 장난스럽게 말을 던졌다. 그러고선 소파에 앉아

있던 팀을 발견하고는 장로님, 하면서 고개를 숙여 인사
했다.

"파티라면 파티지. 넌 오늘 생각도 못 한 파티를 가 보
게 될 거야."

팀이 밀튼에게 말했다. 지난 한 달가량 계속해서 섬에
만 있던 것이 갑갑했던 팀이었기에, 밀튼을 향한 눈빛에
부러움이 가득 담겨 있었다.

"저 말입니까? 제가 파티에 간다고요? 제나 제임슨
(Jenna Jameson:유명 포르노 스타)이라도 온답니까?"

"제나 제임슨보다 널 더 흥분시킬걸?"

밀튼의 입이 헤벌쭉 벌어지려는 그때, 팀이 한마디 덧
붙였다.

"대통령."

"에? 제가 잘못 들은 건 아니죠? 대통령을 만나러 간다
는 겁니까?"

"그러니까 너도 정처럼 멋지게 차려 입으라고. 그 방탄
조끼는 이제 그만 걸쳐도 되는데. 덥지도 않아?"

"정?"

밀튼이 확인 차 내게 반문했다.

"맞습니다. 지금 워싱턴으로 갈 겁니다. 헬기를 준비해
놓으세요. 그리고 밀튼은 저를 경호하게 될 테니, 아무래

도 슈트를 입는 게 좋겠죠."

"워싱턴? 백악관에 간다는 거지? 정과, 나, 이렇게 단둘이서?"

"그렇습니다. 정확히 말하자면 나와 밀튼, 그리고 헬기를 조종할 한 분. 이렇게 셋이 되겠네요."

"잠깐 생각 좀……. 아니, 우린 백악관 투어를 가는 게 아니잖아. 백악관은 이제 적진 중의 적진이 되어 버렸어. 우리끼리만 가는 건 위험해. 자살 폭탄 조끼라도 입지 않고서야."

밀튼이 그의 방탄조끼를 팡팡, 치며 말했다.

"거봐. 내가 같이 간다니까?"

팀이 그 틈을 놓치지 않고 끼어들었다. 내가 미간을 찌푸리자 팀은 엉덩이를 차인 강아지처럼 곧바로 시선을 떨어뜨렸다.

"백악관에선 우리에게 어떠한 해코지도 못 할 겁니다. 지난밤의 일을 잊었습니까. 밀튼, 채 삼 일도 지나지 않았어요."

밀튼은 곰곰이 생각하는 듯하더니 알겠다고 대답했다. 잠시 후 그가 슈트로 갈아입고선 서재를 다시 찾았다.

저택 뒤 공터에 헬리콥터가 마련되어 있었다.

헬리콥터 조종은 용병 토미가 맡았다. 밀튼과 나는 헬

리콥터 프로펠러에서 이는 바람에 자세를 낮추며 헬리콥터에 올라탔다.

"백악관으로 출격하기엔 이보다 좋은 날이 없겠어. 그렇지?"

헬리콥터 소음 때문에 토미가 크게 외쳐 말했다. 나는 부조종석으로 자리를 옮겨 토미가 건넨 헬멧을 머리에 썼다.

"모든 게 꿈만 같아! 아직도 믿겨지질 않아. 저 녀석이 내 인생에 도움을 줄 거라곤 아무것도 없을 거라고 확신했는데! 저 녀석이 날 정에게 데려다 줬지."

토미가 뒷좌석에 자리를 잡은 밀튼을 힐끔 바라보며 외쳤다.

"그렇습니까?"

우리는 헬리콥터 소음 때문에 거의 소리 지르다시피 대화를 나눴다.

소음은 섬이 손톱만큼 작게 보일 정도로 날아오르고 나서야 조금 수그러들었지만, 그래도 워낙에 헬리콥터 소음이 큰 탓에 별반 차이는 없었다.

"그런데 백악관에는 무슨 일로 가는 거야?"

토미가 연신 즐거운 미소를 머금은 채 물었다. 사실 그간 우리가 대화를 나눈 것은 토미가 다른 용병들과 함께 섬에 왔을 때 간단한 인사를 주고받은 게 다였다. 그 이후로는 한 번도 대화를 했던 적이 없었다. 그럼에도 불구하고 신도들이 말하는 '기적의 밤' 이후로 그는 나를 마치 오래된 친구처럼 느끼는 것 같았다. 그건 비단 토미뿐만이 아니었다.

예전에는 겉돌았던 해커 교도와 용병들이 교에 융화되길 원했고 그렇게 노력하는 모습들을 종종 볼 수 있었다.

"정부에게 받을 게 있습니다."

"정."

"예."

"묻고 싶은 게 있어."

"얼마든지 하세요."

"교주님은 오로지 정을 통해서만 말씀을 남기시나? 우리 같은 사람들이 교주님을 직접 뵐 수는 없는 거야?"

"그렇습니다만, 대집회 때에는 교주님의 앞에 설 수 있을 겁니다."

"대집회라면, 15일에?"

"예. 15일에 본교의 모든 신도들이 본당으로 모일 겁니다."

"섬 밖에 있는 신도들은 '기적의 밤'에 무슨 일이 있었는지 모르고 있지?"

"대부분 그렇겠지요. 때문에 다른 신도들도 미 정부와 본교와의 관계를 알아야겠죠. 대부분이 미국 시민이니까요."

"하나 더 묻고 싶은 게 있는데, 귀찮게 하는 건 아니지?"

토미는 평소에 과묵했다. 동료들 사이에서도 말이 없기로 유명한 남자였다. 하지만 지금 내 옆에 있는 토미에게선 그간 듣던 평판의 흔적을 그 어디에서도 볼 수가 없었다.

"전장을 떠돌았던 우리 같은 것들은 둘 중 하나야. 종교를 믿거나 믿지 않거나. 그 중간은 없어. 믿는 것들은 광신자처럼 믿고, 믿지 않는 것들은 종교라면 우선 침부터 뱉고 보거든."

"아무래도 그렇겠지요. 전장의 참혹함은 저도 잘 알고 있습니다. 그런 참혹함을 맞이하면 사람은 두 부류로 나뉘죠. 신에 의지하거나, 아니면 신이 없다고 확신하거나."

"난 어떤 쪽이었던 것 같아?"

"둘로 나뉜다지만 그런 참상 앞에서는, 대부분 신이 없다는 쪽으로 생각하길 마련입니다."

"그랬어. 신 같은 건 절대 없다고 생각했어. 그래서 말인데 푸니타 가족이 부럽더라고."

"푸니타요?"

"나도 우리 가족을 섬에 데려올 수만 있다면, 그렇게 하고 싶어."

"가족분들에게 말씀하실 때에는 신중해야겠지요. 본교를 처음 접하는 사람들은 본교를 사이비로 압니다."

"사이비? X 같은 소리지. 우리 가족이 문제가 아니라, 나는 본교의 뜻을 알고 싶어. 가족들을 데려와도 되는지, 안 되는지."

토미는 지금 공동체 생활을 말하고 있었다.

다른 종교 집단들의 공동체 생활이 가능한 이유는 사유 재산을 인정하지 않고 모든 재산을 공동 소유로 하기 때문이다.

공산주의와 다른 점이라곤 강제성이 아니라 자발성이라는 것인데, 어쨌든 재산의 공동 소유는 어김없이 생산된 재산의 분배에서 문제가 생겨난다. 누가 분배를 하고 분배 방식은 어떻게 할 것인지에 따라 공동체 종교 집단이 사이비인지 사이비가 아닌지로 나뉜다지만, 대부분은 사이비로 흐르기 마련이다.

"푸니타 가족이라는 전례가 있었으니, 토미도 가족 분들을 데려오고 싶다면 그리해도 됩니다."

토미의 얼굴이 대번에 환해졌다.

"정은 본교의 총책임자랬지? 본교에 관한 건 모두 정이 결정하고? 내가 물어본 것도 정이 이 자리에서 결정한 것 같은데."

"예."

"왜 그럼 정은 장로가 아닌 거지? 교주님의 말씀을 직접 듣는 사람이 바로 정이잖아."

그런 의문을 가질 만했기에, 나는 빙그레 웃으며 답했다.

"장로와 같은 신분이라면 지금처럼 토미가 스스럼없이 말을 붙이긴 힘들지 않을까요? 저는 그저 총책임자 정이기에, 많은 분들의 진심이 담긴 말들을 많이 들을 수 있는 것 같습니다. 그래서 전 좋습니다."

"본교는 신비한 곳이야."

토미가 웃으며 말했다.

"정! 그럼 나도 우리 가족을 데려와도 될까? 말이 나와서 하는 말인데, 이 세상에서 섬만큼 안전한 곳이 어디 있겠어?"

토미와 내 대화를 조용히 듣고 있던 밀튼이 불쑥 고개를 들이밀었다.

"정말 괜찮겠어?"

"그럼요."

"우리야 지금은 둘뿐이지만, 다들 데려오겠다고 할 텐데? 토미와 나만 이런 생각을 가지는 게 아니야. 다들 그래. 그렇지만 저택에 남은 방은 한정되어 있잖아."

"그런 걱정은 안 해도 됩니다. 숙소 지을 땅이야 많고, 게다가……."

"?"

"본교에서 생활하길 정말 원한다면 방법은 얼마든지 많습니다."

항공모함만 해도 거주할 수 있는 총원이 만 명이 넘는다.

"하지만 아무래도 바깥 생활보다는 많은 불편함을 감수해야 하기 때문에, 두 분도 깊게 생각하고 가족분들과 충분히 대화를 나눈 후에 결정하세요. 가장 중요한 건 가족분들의 생각이 아닙니까."

토미가 씩 웃으며 고개를 끄덕였다. 그러나 그 웃음이 왠지 불안하게 느껴졌다. 미소 속에 담긴 그의 강렬한 의지는 가족들이 거부하면 강제로라도 끌고 오겠다는 생각이 가득해 보였기 때문이다.

"객관적으로 보세요. 본교에 현신이신 교주님이 계시고 또 지난밤에는 기적을 보여 주셨지만, 그건 어디까지나 본교 내에서였습니다. 세상 그 누구도, 아무리 토미와 밀튼의 가족이라도 쉽게는 믿지 않을 겁니다."

"……"

"강압적으로 데려오면 안 됩니다. 제 말, 이해하지요?"

"걱정 마."

토미와 밀튼이 약속한 듯이 동시에 대답했다.

하지만 불안함이 지워지지 않는다. 교를 향한 절대적인 믿음은 필요하다. 그러나 광신도와는 엄연히 차이가 있는 법이다. 나는 그것을 항상 명심하고 있다.

리차드 청과 제3국을 돌면서 본 이 세상은 결코 행복한 곳이 아니었다.

크게는 나라 대 나라로 빈부격차가 크고, 작게는 나라 안에서도 사람 대 사람 사이에서도 부의 쏠림이 극단적으로 벌어지고 있다. 소수뿐인 기득권자의 기득권은 더욱 견고해지고 있으며, 그들로 인하여 이 세상은 '기회의 평등'이라는 것이 존재하지 않는 구조로 굳어 버렸다. 거기에서 이 세상 사람들은 불행을 느낀다.

자살률이 높기로 유명한 내 나라 한국이 가장 대표적인 사례다. 기형적으로 자라난 재벌들은 그들의 기득권을 유지하기 위해, 사회 구조와 문화를 그들 임의대로 변형시켰다. 없이 태어난 사람은 아무리 노력해도 가지고 태어난 소수를 따라갈 수 없고, 그러한 현상을 당연하게 받아들이고 불행마저도 감수하게 만드는 사회적 구조로 말이다.

지극히 슬픈 일은 사회에서 받은 패배감과 거기에서 오는 불행이 본인의 문제가 아니라 사회 구조적인 문제라는 사실을 제대로 인식하지 못한다는 것에 있다.

많은 사람들이 불행하다.

사람은 불행하면 종교에 의지하기 쉽다.

더욱이 말뿐만이 아닌, 눈에 보이는 신과 기적이 있는 곳이라면?

이것이 내가 항상 경계를 해야 하는 일이며, '달의 뒷면'에 대항하여 이 세상에 혈마교를 세운 초심을 항상 잊지 말아야 할 이유인 것이다.

*　　*　　*

저녁 6시쯤이 다 되어서야 워싱턴 상공으로 들어왔다. 오전 10시쯤에 출발했던 것을 생각해 보면 약 8시간이나 걸린 셈이다.

8시간 동안 비행을 하면서 토미와 나는 많은 대화를 나눴다. 덕분에 용병들이 본교에 가져 왔던 생각을 많이 들을 수 있었다. 돈 때문에 맡았던 일이 이제는 사명으로 바꾸었다는 것이다.

설사 본교에서 수당을 지급하지 않더라도 이제는 본교를 떠날 마음이 없고, 경전에서 다른 수련을 통해 초인(超人)으로 거듭나길 진심으로 바라고 있다고 한다.

"경전 하(下)권에서는 청명한 정신을 유지하는 방법을 다루지? 그게 무엇인지 감이 잡히지 않아."

본교의 경전은 상중하권으로 나뉜다. 상권은 본교의 교리를, 중권에는 청명한 정신을 얻는 시작점으로 육운공을 그리고 하권에는 혈마교의 기초 내공심법인 음양심법을 담았다.

"수련은 꾸준히 하고 있나요?"

나는 창 아래로 보이는 워싱턴 시가지를 힐끔 내려다보며 말했다.

"토미는 약쟁이였어. 그렇게 정도가 심한 것은 아니었지만 2주에 한 번쯤은 꼭 약을 빨아야 했단 말이야. 그런데 지금 약을 안 한 지 6주가 지났나? 세 번은 더 하고도 남을 시간이 지났는데 한 번도 안 했지, 아마? 본교의 수련이 없었다면 약 못 빤 토미의 헬리콥터를 타는 일은 절대 없었을 거야."

밀튼이 말했다.

토미는 밀튼을 향해 뭐 그런 구차한 얘기까지 다 하냐는 식으로 바라보면서, 나를 향해 입을 열었다.

　"밥은 안 먹어도 수련은 빠트린 적이 없어. 그래서 청명한 정신을 조금이나마 얻었다고 생각해. 그런데…….어떻게 설명해야 할지 모르겠지만 조금 더 나아가고 싶어. 뭔가 더 있는 거 같은데, 분명히 있는데…… 그건 아마 하권에서 다루고 있겠지?"

　"토미는 기(氣)를 느낀 겁니다. 기를 품으면 정신이 청명해지지요. 하지만 그 청명한 정신이 오래가지는 못했을 겁니다."

　"맞아."

　"기가 가진 본연의 성격 때문입니다. 기는 우주를 맴돌지요. 그래서 하권에서는 기를 항시 품고 배양할 수 있는 방법으로, 우리의 몸을 우주로 인식하는 과정을 다루고 있습니다."

　"그럼?"

　"하권에 담긴 수련법을 익히면 청명한 정신을 오랫동안 유지할 수 있을 뿐만 아니라, 기를 품고 배양하기 때문에 노력에 따라 초인이 될 수 있습니다."

　불가에서는 부처를 궁극적인 목표로 삼는 것과 같이, 본교에서는 초인이 궁극적인 목표다.

"팀 장로와 알렉스 장로님의 능력은…… 인간의 것이 아니었어."

토미는 팀과 알렉스가 정기적으로 가졌던 용병들과의 대련을 떠올리는 것 같았다.

"보안실에서 듣기론, 팀 장로가 혼자서 네이비씰 6팀 전원을 때려 눕혔다던데."

밀튼이 덧붙였다.

"두 장로도 초인이 되는 과정을 수련하고 있을 뿐, 초인이 되려면 한참 멀었습니다. 그러니까 토미는 하권을 받고 싶은 거군요?"

머뭇거리는 토미와는 달리, 밀튼은 잔뜩 기대가 실린 눈으로 나를 바라봤다.

"하권을 관리하는 것도, 누구에게 배본할지 정하는 것도, 모두 정이 하고 있지?"

밀튼이 물었다.

나는 그렇다고 대답한 뒤 소리 없이 웃었다.

"어떻게 하면 될까?"

밀튼이 적극적으로 나섰다.

저쪽 세상에는 수많은 무공이 있다.

하지만 하류들이 익히는 하급 무공이라 하더라도 거기에 내력을 담으면, 이쪽 세상에서는 감당할 수 없는 강력한 파괴력을 지닌다.

한창 유행하는 히어로 코믹스 영화의 주인공처럼 되는 것도 꿈은 아니다. 실제로 내공을 통해 본연의 힘을 뛰어넘는 괴력을 발휘할 수도 있고, 깨끗해진 정신으로 강한 직관력의 소유자가 될 수도 있기 때문이다.

그래서 팀과 알렉스와 같은 특별한 경우가 아니면 저쪽 세상의 무공을 이 세상에 가져오는 일을 스스로 경계했다.

그런 의미로 명상법에 가까운 육운공을 경전 중권에 담은 것이다.

하지만 하권의 음양심법은 다르다. 음양심법은 혈마교의 소교들이 입교하면서부터 익히는 기초 내공심법으로 축기와 배양을 본격적으로 다루기 시작한다.

상승의 내공심법에 비하면 축기량과 안전성이 눈에 띄게 떨어지나, 그것은 어디까지나 저쪽 세상의 이야기.

이쪽 세상에서는 축기와 배양, 그리고 기를 운용할 수 있는 그 방법을 깨닫게 하는 것만으로도, 존재 가치가 무궁무진하다 할 수 있다.

물론 운용하기 위해서는 수년에 걸친 꾸준한 수련이 필요하다.

하지만 어디든 천재는 존재하는 법이다. 꼭 천재가 아

니더라도 자질이 뛰어난 정도만 되면 누구보다 빠르게 기를 느끼고, 축기를 시작하며, 현대 인간의 한계를 뛰어넘게 된다.

하권은 그래서 양날의 칼이다. 잘 쓰면 본교에 이롭지만, 못 쓰면 내가 상상도 못 할 문제를 세상에 일으키고 다닐 것이다.

'그래도 능력을 지닌 교도들이 필요하긴 하지. 하권 배본은 필수적이다. 다만……. 하권을 배본 받은 교도들을 엄중히 관리할 조직이 필요하겠지. 하권을 배본 받은 교도들은 본교에서 신뢰할 수 있는 사람이어야만 하며, 기꺼이 본교의 통제를 감내할 수 있는 사람이어야만 한다.'

이미 하권을 배본 받은 교도가 하나 있다.

다나 샤론.

못 말리는 약물 중독자였던 그녀를 치료하기 위해 음양신공을 전수했다.

'그녀부터 시작해야 한다. 그간 미 정부와의 마찰로 정신이 없었지만 더 이상 미뤄서는 안 될 일이지. 그녀가 아무리 광신도에 가까운 본교의 열렬한 추종자가 되었다고 한들.'

"정?"

문득 뒤에서 들리는 목소리에 정신이 들었다.

"예."

"갑자기 옛 애인이라도 생각난 거야? 크크."

"그런 건 아닙니다. 하권을 어떻게 하면 받을 수 있냐고 물었죠?"

밀튼이 기대로 가득한 눈빛을 번쩍였고, 토미도 내 말에 귀를 기울였다.

"본교가 믿을 수 있는 교도. 그게 첫 번째 조건입니다. 호기심으로 입교한 이들은……."

"호기심으로 입교했다 한들, 결국 본교에 가진 걸 다 바치게 될 거야. 그것이 재산이든 목숨이든."

나는 희미한 미소와 함께 계속 말했다.

"두 번째 조건은 중권의 꾸준한 수련과 결과입니다. 여기 있는 토미는 중권을 꾸준히 수련해서 기를 느끼게 되었습니다."

토미는 자신의 얼굴 위로 떠오른 뿌듯한 표정을 감추지 못하고 환하게 드러냈다.

"하권을 받는다는 것은 그저 본교에 입교하는 것과는 의미가 많이 다릅니다. 하권을 받은 순간부턴 교도의 운명은 본교와 함께하게 됩니다. 다시 말해야겠군요. 교도의 운명은 본교 안에 있게 됩니다."

나는 얼굴에서 웃음기를 지우고 밀튼과 토미를 바라봤

다.

둘의 얼굴에서도 미소가 싹 날아가고, 즐거웠던 분위기가 일순간 서늘하게 변했다.

"······정확히 말하자면?"

토미가 물었다.

"토미와 밀튼이 느낀 그대로입니다. 하권에 담긴 묘리는 대단한 것이라서 이 세상에 자유로이 둘 수 없으며, 본교는 항상 그 묘리에 대한 책임을 자각하고 있습니다. 하권을 받는 순간 개인은 없게 됩니다. 본교 안에 존재하게 될 뿐입니다."

둘 다 입 밖으로 내지 않곤 있지만, 얼굴에는 그들이 느낀 무서운 감정이 고스란히 떠오르고 있었다.

"하나, 본교의 신뢰를 받은 교도. 둘, 중권을 꾸준히 수련하였고 그 결과가 있을 때. 셋, 오롯이 본교 안에 들어올 준비가 되어 있을 때. 이 세 가지 조건이 충족된다면 하권을 받을 수 있습니다. 본교가 내릴 수도 있고, 교도가 요청할 수도 있습니다."

나는 토미를 바라보며 계속 말했다.

"토미는 하권을 받은 준비가 되었습니까?"

좋은 말로 잔뜩 치장했지만, 결과적으로 토미는 결정을

유보하겠다는 뜻을 밝혔다. 하지만 나는 섭섭하지 않았다. 오히려 그들에게 내 생각을 제대로 전했다는 확인을 할 수 있는 계기가 되어 좋았다.

하권을 받은 순간, 그 교도는 개인이 아니라 본교 안에서 존재하게 된다. 그 뜻은 그의 모든 것, 목숨뿐만 아니라 그의 자유의지까지도 모두 본교 안에 종속됨을 뜻했다.

치지직.

토미가 무전을 받았다. 백악관에서 온 무전으로, 우리가 백악관 인근의 상공에 있으니 신원을 밝히라는 뜻을 전해 왔다.

"대통령의 요청으로 혈마교에서 왔다. 3분 후 착륙을 시도하겠다. 승인을 바란다."

[승인한다.]

일 초의 기다림도 없이 승인이 즉각 떨어졌다. 백악관에서도 우리를 기다리고 있었던 모양이다. 백악관 바로 위 상공에 도착했을 때 밀튼과 나는 아래를 내려다봤다. 넓은 잔디밭 외곽에 위치한 헬기 착륙장에는 검은 양복을 입은 인사들이 이쪽을 올려다보고 있었고, 직원 몇이 수신호를 보내 착륙을 유도하고 있었다.

"저 사람…… 대통령 맞지?"

"세상에. 별일을 다 겪는군."

밀튼과 토미가 말했다.

헬리콥터가 지상에 가까이 내려앉으면서 거친 바람이 사방으로 몰아쳤다.

미 대통령은 센 바람을 고스란히 맞으면서 우리를 기다렸다. 분명히 이례적인 일이었고, 특히 우리의 두 용병은 놀라움을 금치 못했다.

기적의 밤을 겪었다고 해도, 미국 시민인 둘에게 대통령이란 존재는 여전히 저 높은 곳의 찬란한 별과 같은 존재였던 것 같다.

그런 와중에 밀튼은 그의 임무를 망각하지 않았다. 먼저 헬리콥터에서 내려 부조수석 문을 열어 내가 내리는 걸 도왔다.

내가 헬리콥터에서 내리자 미 대통령이 그의 참모들 보다 앞서 내게로 걸어왔다.

합일체에서 기억하고 있던 그는 유약한 인간이었다. 언제든 꺾어 버릴 수 있는 꽃처럼, 겉만 화려하지 실제론 힘이 없는 나약한 인간.

그러나 지금 내 앞에 선 그는 기억과는 다른 사람이었다. 유화한 미소를 짓고 있는데, 거기에선 강자만이 지닐 수 있는 여유가 자연스레 흘러나오고 있었다. 합일체 앞에서 어쩔 줄을 몰라 허둥대고 관료의 목숨을 구걸했던 그가 아니었다.

합일체의 기억. 그건 어쩌면 합일체도 나도 아닌, 오로지 흑천마검 그를 바라보던 시선이었을지도 모른다.

"기다리고 있었습니다, 정. 백악관에 오신 걸 환영합니다."

미 대통령이 악수를 청하며 말했다.

"반갑습니다. 대통령님."

악수를 했다.

하지만 우리를 향해 미소 짓고 있는 사람은 미 대통령이 유일무이했다. 그와 함께 우리를 기다리고 있던 많은 관료들과 경호원들 그리고 곳곳에 매복시켜 놓은 군인들에게선 그들조차 어쩔 수 없는 강한 경계심이 느껴졌다.

"저녁은 하셨습니까?"

미 대통령이 악수를 끝내자마자 한 말이었다.

"캘리포니아에서 곧장 이리로 오는 길입니다."

"그럼 많이 출출하실 텐데. 저녁 만찬을 준비해 놓았습니다. 괜찮으시다면 저녁 만찬을 함께하시겠습니까? 그런데 혈마교에선 이렇게 셋뿐입니까?"

"본교에는 헬기가 한 대뿐이라서요."

"하핫. 우리 정부에서 더 신경을 썼어야 했었는데 말이죠."

　주위의 분위기야 어쨌든, 미 대통령과 나만큼은 일단
서로 웃으며 시작했다.

제5장

악연 중에 악연

　백악관에 귀빈으로 방문했을 때, 어느 곳에서 식사를
하느냐에 따라 정부에서 그 귀빈을 어떻게 생각하는지 알
수 있다고 한다.

　총 3층짜리 건물인 백악관은 1, 2층이 집무와 응접을
위한 용도로 쓰이는 반면에 3층은 침실과 같은 대통령 가
족을 위한 용도로 쓰이고 있다.

　그래서 3층에는 손님을 맞이한 적이 없고, 대개는 2층
의 국빈만찬장에서 귀빈을 맞이한다. 그러나 정부 입장
에서 매우 신중히 대해야 하고 상당한 친밀감을 표현해야
할 때나, 친지들이 모일 때는 2층의 '올드 패밀리 다이닝

룸(Old Family Dining Room)'에서 맞이한다.

금번 미 대통령이 취임한 이래로 인도 총리와 멕시코 대통령 등이 백악관에 국빈 방문했을 때는 국빈만찬장에서 행사를 치렀고, 중국 국가주석은 올드 패밀리 다이닝룸에서 식사를 했다고 알고 있다.

하지만 본교를 위한 만찬 장소는 2층의 국빈만찬장도, '올드 패밀리 다이닝룸'도 아니었다.

우리는 3층의 대통령 가족들만이 사용하는 지극히 사적인 공간, 가족 식당으로 초대를 받았다. 그건 지금껏 전례가 없던 일이었다.

8인이 정원인 나무 식탁 위엔 간단한 샐러드와 음료수가 마련되어 있었고, 벽에는 대통령 가족들이 함께 찍은 단란한 가족사진이 걸려 있었다.

대통령은 내게 자리를 권한 후 그와 대동하고 있던 관료들과 경호원들을 모두 문밖으로 내보냈다. 그의 의중을 파악한 나는 마찬가지로 밀튼과 토미를 내게서 떨어뜨려 놓았다.

그렇게 가족 식당에는 미 대통령과 나, 단둘만 남았다.

"이렇게 직접 찾아 주셔서 감사합니다."

대통령은 상당히 저자세로 첫 대화에 임했다. 하지만 허리를 꼿꼿이 세우고 나를 직시하는 눈빛은 처음처럼 당당했다.

우리는 그렇게 중요하지 않은 대화를 나누면서 식사를 시작했다.

어느 정도 서로에게 익숙해졌다 생각했을 때 대통령이 본론으로 들어갔다.

"그동안 인류 역사에는 많은 신이 있었습니다. 그리고 많은 기적이 있었습니다. 하지만 지금 동시간대에 살고 있는 우리 현대인들은 그것들을 성서에 기록된, 전설로만 내려오는 이야기로 치부하곤 했었습니다. 그날 있었던 일로 저는 많이 반성했습니다. 매주 미쉘과 주말 예배에 빠짐없이 가면서도, 마음속 한구석에는 불신이 있었던 모양입니다. 오롯이 믿지 못하고 직접 대하고 나서야 진실로 믿게 된, 제 자산을 많이 반성하는 시간이었습니다."

대통령의 말뜻은 조금 애매한 감이 있었다.

"우리는 두 가지 관점에서 대화를 나눠야 합니다. 종교적인 관점과 현실적인 관점. 우선 종교적인 관점에서 얘기를 하려 합니다."

나는 긍정적인 표시로 고개를 끄덕였다. 대통령의 입술이 서서히 열렸다.

"엊그제 우리를 찾아왔던 그 존재는 의심할 여지없이 신과 대등한 존재였습니다. 그간 우리들이 듣고 상상했던 것과는 많이 다른 모습이라 너무 당황해서, 그날은 성서에서 그러한 존재를 다뤘다는 것도 잊고 있었습니다. 하지만 혈마교, 라는 종교 이름을 알게 된 후로 조금이나마 명확해진 기분이었습니다."

그제야 나는 대통령이 무슨 말을 하는지 깨달을 수 있었다.

"결국 대통령님 말씀은 본교의 신이 사탄이라는 것이로군요. 의외입니다. 저번 통화에서 대통령님은 상호간에 불미스런 오해가 없기를 바란다고 했었습니다."

대통령은 아무런 표정 변화 없이 내 말을 받아, 말을 이어나갔다.

"혈마교의 신은 스스로를 그렇게 밝혔습니다. 여러 세상에서 신이라고 불린 적도 있지만 '악마'라고 불린 적이 있다. 그리고 그날 우리 앞에 온 정의 신은 의심할 여지가 없는 '악마'의 모습이었습니다. 다른 세상에서는 설사 선한 신이었다고 하여도, 우리 앞에서는 분명히 그랬습니다."

"악마. 그건 우리 인간들이 감히 규정한 이름일 뿐입니다. 그리고 대통령님은 잊지 마셔야 합니다. 그날 미합중국은 역사적으로 전례가 없었던 일을 겪어 충격적이었으리라는 것을 이해합니다만, 사원을 공격한 건 미합중국이 먼저였습니다. 네이비씰을 보내지 않았더라면, 사원을 폭격하지 않았다면 혈마께서 이 세상에 모습을 드러내는 일은 없었을 겁니다."

나는 물을 한 모금 마신 후, 유리잔을 식탁 위에 올려놓았다. 그런 다음 반쯤 남아있는 유리잔 안의 물을 가리키며 말했다.

"우리는 이 안에 들어있는 이 물질을 물이라 부릅니다. 물은 여러 나라에서 각각 다른 말들로 불립니다. 혈마께서 그런 말씀을 하신 건 이런 연유에서입니다. 수많은 이름으로 불리지만 근본은 동일합니다. 혈마께서도 수많은 세상에서 여러 이름으로 불렸을 뿐, 그분의 근본을 성서에서 말하는 사탄으로 규정하는 것은 매우 위험한 생각입니다, 대통령님."

"정의 신을 혈마(血魔:Blood Devil)라 부릅니까?"

"예."

"혈마라는 이름은 중국식 한자 발음이라 알고 있습니다. 그리고 그 뜻은 피의 악마. 이미 스스로를 악마라고 자처하고 있는데, 여기에서 무엇을 더 이야기해야 합니까?"

"그렇게 많이들 오해를 하긴 합니다. 하지만 본교의 교리를 알고 나면 그렇지 않습니다. 혈마께서 이 세상에 모

습을 드러내시면서 스스로를 굳이 마(魔:Devil)라고 칭하
신 것은, 그분의 강력한 의지를 표명하신 것이라고 이해
하면 됩니다. 혈마께선 악과 고통이 만연한 세상에서 사
는 우리 인간들에게, 태생의 이유인 진정한 삶과 직분에
충실했을 때의 행복을 되찾아 주기 위해 오신 분이십니
다. 결코 기독교의 사탄을 여기에서 말씀하지 않으셨으면
합니다."

"혈마교는 삶의 행복을 추구하는 종교라는 말씀입니
까?"

"혈마께서 대통령님이 말하는 사탄이었다면, 지금 우
리는 대화를 나눌 수 없었을 테지요. 그날 모든 게 끝났을
겁니다. 우리 인간의 모든 게……. 우리가 이룩한 모든 게
말입니다."

"그렇군요. 기회가 된다면 혈마교와 혈마에 대해서 잘
알고 싶습니다."

그렇다고 해서 대통령이 내 말을 모두 납득한 건 아니
었다.

오히려 많은 의문과 더 큰 반발심이 생겨났을지도 모른
다. 하지만 이 자리에서 큰 논쟁을 하기에는 그가 본교에
대해서 아는 게 적었고, 입장상으로도 불리했다.

"현실적인 관점에서 얘기를 하자면."

대통령은 거기까지 말한 후 내 의향을 살폈다.

"제가 이 자리에 있는 이유입니다. 리차드 청을 두고 시작하면 좋겠군요."

잠깐이나마 대통령의 얼굴에 곤란한 기색이 스치고 지나갔다. 그는 이 자리에서 리차드 청에 관해선 논외로 두고 싶었던 것 같다.

쉽게 말을 잇지 못하는 대통령을 두고, 내가 먼저 입을 열었다.

"그를 빼놓고는 이야기가 되지 않을 겁니다. 대통령님의 정부에서는 청의 프로그램 때문에 본교의 교도에게 테러리스트라는 누명을 씌우고, 사원을 폭격하기에 이르렀습니다. 그게 시발점입니다. 본교가 세상에 나올 수밖에 없었던."

미 대통령은 목이 타는지 물이 든 잔을 들었다. 가볍게 입을 축인 다음 잔을 내려놓았을 때, 그의 얼굴은 큰 결단을 한 사람의 것으로 바뀌어져 있었다.

"과오를 인정하겠습니다."

당황한 쪽은 오히려 내 쪽이었다. 그가 이렇게 바로 미 정부가 행한 비윤리적인 일을 인정할 줄은 예상치 못했던 탓이다.

수많은 나라들이 국가의 이득을 위해 비도덕적이고 해

서는 안 되는 일을 저지르고 있다고는 하지만, 정부의 수
장으로서 그것을 인정하고 나면 그 정부의 부도덕성을 공
인하는 것이 된다.

"우리 정부는 리차드 청에게 접근하는 일이 없을 겁니
다."

"혈마께서 그날 당부하신 건, 리차드 청뿐만이 아닙니
다. 본교의 모든 교도에 대한 정부의 감찰이 없어야만 합
니다. 미국 시민이라고 해도 말입니다."

"정."

"예."

"정부의 입장은 그렇습니다. 우리는 혈마교와의 공생을
원합니다. 오해에서 비롯되어 갈등을 빚었던 당사자 간이
지만, 그 일로 하여금 오히려 양측의 이익이 되는 관계로
발전하기를 원합니다. 그러한 관계로 발전할 수 있다면
우리 정부는 할 수 있는 모든 노력을 다할 겁니다."

대통령은 계속 말했다.

"본교가 만약 사탄의 종교라면 어떻습니까?"

나는 눈에 웃음기를 띄며 말했다.

"내일부턴 주말뿐만 아니라 매일, 아침 예배에도 참석
할 예정입니다. 그리고 이렇게 기도하려고 합니다. '당신
께서 보내신 분이시길…….' 이라고. 우리 정부는 혈마교

와의 전쟁을 바라지 않습니다."

바라지 않는다.

단순한 그 말에서, 나는 대통령이 품은 속뜻을 느낄 수 있었다.

어쩔 수 없는 경우엔 국운(國運)을 건 전쟁이 불가피하다. 대통령은 은연중에 그런 뜻을 내비쳤다.

우리는 그쯤에서 과열된 분위기를 식히고자 추가로 나온 요리들을 먹기 시작했다.

그 과정에서 대통령은 몇 가지를 물었다. 내가 어느 나라 사람인지, 어떻게 혈마교의 총책임자가 되었는지. 그렇지만 가장 궁금했을 '신'에 대해서는 말을 아끼는 모습을 보였다.

"입교하기 전의 과거는 모두 잊기로 했습니다."

나는 대통령이 물었던 모든 질문을 그 한마디로 무마시켰다.

"그런가요? 절친한 친구 중에 한국인이 있어, 혹시 정이 한국에서 왔는지 궁금했을 뿐입니다."

대통령은 그렇게 물은 후 내 표정을 살폈다. 나는 꽤 많이 놀랐지만 내색하지 않고 묵묵히 식사를 했다.

내 외모가 아시안계라고 해도, 중국인도 있고 일본인도 있고 몽골인도 있는데 하필이면 왜 한국인을 거론했을까?

미 대통령이 나에 대해 조금이라도 알아낸 게 있다면, 그게 무엇인지, 어떻게 알았는지 이쪽에서도 알아내야만 한다. 미 대통령은 많은 것은 아니지만 조그마한 단서를 잡은 게 분명했다.

혈마교란 이름은 중국식 명칭. 일반적으로는 나를 한국인이 아니라 중국인이라고 생각하는 게 당연한 흐름이었다.

"중국인 친구는 없으신 모양이죠?"

난 웃으며 말했다.

"중국에서 왔습니까?"

대통령이 반문했다.

"제 과거는 나중에 얘기할 기회가 있을 것 같네요. 오늘은 혈마의 뜻을 전해 드리러 왔습니다."

"정, 우리가 혈마를 직접 만나려면 어떻게 해야 할까요?"

"혈마께선 오로지 저를 통해 말씀을 전하십니다. 제게 말씀을 하시면 됩니다. 본론으로 돌아가서, 혈마의 뜻을 전해 드리기 전에 우리가 먼저 타협을 볼 일이 하나 더 있습니다."

대통령은 가만히 내 말을 들었다.

"본교에는 네이비씰 6팀 전원이 구금되어 있습니다. 전원 안전하고요."

"알고 있습니다. 앞서 말한 듯이 우리 정부는 혈마교와 원만한 관계로 발전하길 바랍니다."

그 말인즉, 우리를 공격해 왔던 24인 전원을 인도해 달라는 뜻이었다.

대통령의 그 말에 나는 얼굴에서 웃음기를 지웠다.

미 대통령은 시종일관 동등한 입장에서 공생을 말하고 있는 중이다. 그건 어쩌면 세계 제일이라는 미 정부의 자존심 때문일 수도 있고, 악마와 협상하는 인간의 마지막 존엄성이라고도 볼 수 있다.

하지만 그래서는 안 된다. 절대 대적할 수 없는 초자연적인 힘을 이미 겪어 본 입장에서, 같은 선상에 놓고 대화를 하려하다니.

믿는 구석이 있거나, 내가 처한 상황을 제대로 파악한 게 아니라면.

지금 미 대통령이 보이는 미국의 자존심과, 그가 생각하는 인간의 존엄성은 한낱 만용에 불과하다.

믿는 게 있는 건가? 뭔가를 아는 건가? 이제 그걸 알아보려 한다.

"대통령님은 '그날'을 벌써 잊으신 것 같습니다."

나는 약간의 살기(殺氣)를 흘려보내며 미 대통령을 노려보았다.

대통령은 미소를 유지하려 애썼다. 하지만 어색하게 부들부들 떨리는 입술을 스스로도 인식했는지, 곧 미소를 지우고 나를 가만히 쳐다봤다.

"의회는 종교를 만들고 포교하는 등의 자유로운 종교 활동을 금지하거나, 발언의 자유나 출판의 자유를 침해하고 평화로운 집회의 권리, 혹은 정부에 탄원할 수 있는 권리를 제한하는 어떠한 법률도 만들 수 없다. 수정 헌법 제1조입니다."

이제는 완벽히 무표정이 된 대통령은 말을 계속했다.

"우리 정부는 혈마교의 종교 활동을 방해하지 않을 겁니다. 헌법에 명시한 대로 혈마교의 종교 활동을 인정하겠습니다. 하지만 혈마교가 우리 영토 안에서 종교 활동을 넘어 군사 활동을 보인다면 그에 상응하는 대응을 하겠다, 그렇게 말하고 싶군요."

내가 끼어들려고 하자, 미 대통령은 그런 나를 무시하고 제 말을 이어 나갔다.

"이건 나 개인의 의지가 아니라, 우리 정부의 단호한 입장이며 반드시 해야만 하는 일입니다. 우리에게 어떠한 역경이 오든 우리는 결국 그걸 딛고 일어설 겁니다. 그것이 이 나라, 우리의 미합중국입니다, 정."

나는 한 방 먹었다는 기분이 들었다.

역경을 딛고 일어나?

허울 좋은 말이지만, 실상은 초자연적인 일이라 할지라도 대적할 준비가 되어 있다는 뜻이 아니던가. 허세일 거라고 생각지 않는다.

확실히 지난 이틀 사이에 미 정부는 내가 모르는 뭔가를 알아냈고, 우리를 몰아낼 수는 없어도 대적할 방법을 찾았을 확률이 높았다.

이제 내 차례였다. 미 대통령이 정부의 입장을 표명했으니 거기에 내 뜻을 밝힐 차례였다.

짝! 짝!

나는 박수를 쳤다. 악당 중의 악당이 주인공을 향해 거만한 미소와 함께 박수를 치던 장면이 떠올라, 썩 기분이 좋지는 않았지만 말이다.

미 대통령은 처음으로 불쾌한 기분을 얼굴 위로 감추지 않았다.

"대통령님이 재선에 성공하시고, 그 취임 연설에서 '새로운 도전에 대한 새로운 대응이 필요하다.' 라고 하셨을 때, 전 이렇게 박수를 쳤었습니다. 대통령님은 취임사에서 그러셨던 것처럼 지금을 새로운 도전으로 인식하고 새로운 대응을 생각하셨을 지도 모릅니다. 그리고 마찬가지로 취임사에서 말씀하신 '우리를 해칠 수 있는 세력'을 본교로 인식하셨는지도 모르겠습니다."

나는 그쯤에서 고개를 저었다.

"그것이 너무 안타깝습니다. 대통령님께서 스스로 말씀하시길 본교를 너무 오해하였고, 그 오해를 풀기 위해 오늘 이 자리를 마련하였다고 하셨지만 오히려 더 깊은 오해가 쌓인 것 같습니다. 저는 혈마의 말씀을 전해 드리러 왔습니다만, 결국 이 자리에서 지난 26일 대통령님의 정부가 그러했듯 통보를 할 수밖에 없게 됐습니다."

미 대통령은 심각한 얼굴이 되었다.

"원래 미 정부가 본교에 무조건적인 항복을 하였을 때 약조하였던 조건을 이행하라, 그뿐입니다."

"⋯⋯."

"하나, 매 분기 마지막 일에 본교가 요구한 핵 발전 에너지를 공급하고 그 공급책을 마련하라. 둘, 본교의 교도들에게 접근하지 마라. 이 두 가지 조항 중 어느 하나라도 어기게 된다면, 그 즉시 본교는 '백악관'을 공격하겠습니다."

대통령은 본인도 모르게 포크를 움켜쥔 채 자리에서 일어섰다. 그러고는 나를 한참을 노려보더니 다시 제자리에 앉았다.

"본교는 그저 미 정부의 대응 방식을 그대로 따랐을 뿐입니다. 미 정부는 28일까지 정부의 요구에 응하지 않으면 섬을 폭격하겠다, 라고 하였고 실제로 그렇게 했습니다. 대화란 게 그렇습니다. 서로를 바라보는 눈이 다르면 합의점을 찾지 못하고, 강자가 약자를 누르기 위해 주먹을 듭니다. 미 정부라고 예외는 아니었으며 이번 기회에 대통령님께서도 많은 걸 배웠으면 합니다. 이번에는 본교 차례인 것 같군요. 저녁은 감사히 잘 먹었습니다."

나는 냅킨으로 입을 닦은 뒤 자리에서 일어났다.

"명심하세요. 약속을 어긴다면 대통령님의 정부가 본교의 사원을 폭격했듯, 본교는 이곳 백악관을 공격하겠습니다."

"군사 행동과 같은 반국가적 행위에는 마땅한 대응을 할 수밖에 없다, 라고 말했습니다."

대통령은 나가는 내 등에 대고 힘 있는 목소리로 말했다.

"혈마와의 약조를 어기지 않으면 됩니다. 그러면 우리는 공생할 수 있습니다."

당분간이겠지만…….

나도 그에 질세라 뒤도 돌아보지 않고 말했다. 그러고는 굳게 닫혀 있던 식당 문을 열고 나갔다.

젠장.

이런 식의 힘겨루기를 원한 게 아니었다.

*　　　*　　　*

섬으로 돌아오는 내내 나는 미 대통령이 만찬에서 했던 말들과 그가 지었던 표정들을 되새기며, 숨겨진 뜻을 찾기 위해 애썼다.

그가 그렇게 당당히 나올 수 있는 이유가 무엇일까? 본교의 초자연적인 힘을 잘 알고 있음에도 불구하고, 미국 정부는 본교를 그들과 동일선상에 놓고 평가했다. 불과 며칠 전까지만 해도 무조건적인 항복으로 항공모함까지 포기했던 그들이었다.

본교가 전쟁을 크게 벌일 수 없는 이유를 알았을까? 불과 며칠 사이에 신과 전쟁을 할 수 있을 만한 대응책을 마련한 걸까? 아니면 만용인가? 악마에 대항하겠다는 인간의 마지막 자존감인 걸까?

"알 수가 없군……. 이상해……."

창밖으로 시선을 돌렸다.

벌써 하늘은 검은 장막이 내려와 있었다. 보이는 것이라곤 온통 검정뿐, 이따금씩 부는 거센 바람에 기체가 크게 흔들릴 때면 밀튼이 잠에서 깨 창밖을 슬쩍 내다본다.

오전 세 시경.

잠들어 있던 저택이었으나, 헬리콥터 소리를 듣고 여기 저기서 불이 켜지기 시작했다. 느릿하게 헬리콥터에서 내린 밀튼은 모두가 볼 수 있도록 손을 휘이휘이, 저었다. 불은 다시 꺼졌고 저택 입구와 헬기 착륙장의 은은한 조명만이 남았다.

인형(人形) 하나가 착륙장 뒤편에서 걸어 나왔다. 리차드 청이었다. 이 시간까지 자지 않고 나를 기다린 것으로 보였다.

밀튼과 토미에게 수고했다는 말을 전한 뒤, 리차드 청과 함께 서재로 향했다.

"미 정부가 뭔가를 계획하고 있다. 무슨 꿍꿍이가 있었어. 틀림없이."

돌아오는 길 내내, 나는 이상하리만큼 많이 불길했다. 미 정부의 속셈이 무엇일지 많이 불안했다. 솔직히 그랬다.

나는 리차드 청이 뭔가를 알아냈길 기대하면서 그와 함께 소파에 앉았다.

"내가 자리를 비운 사이, 알아낸 게 있는가?"

"교주님……"

리차드 청은 잠깐 머뭇거렸다. 무엇이 그를 망설이게 하는지 궁금했지만, 나는 고개를 끄덕이면서 다음을 기다렸다.

"다행인지 불행인지 모르겠습니다."

"?"

"그들을 포착했습니다. 기적의 밤 이후에 그들이 움직일 수밖에 없다고 생각했었습니다."

"그들이라면 '달의 뒷면'을 말하는 것이겠지?"

한번은 리차드 청과 달의 뒷면을 두고 깊게 얘기를 나눈 적이 있었다.

음모론의 중심에는 프리메이슨이 있다. 그들은 그림자 정부이자 세계를 움직이는 국제 비밀 조직으로, 그 옛날부터 존재해왔다고 알려져 있다.

음모론자들은 그들이 정치, 경제, 문화, 교육 등 모든 분야에 침투해 있으며, 실제로 역대 미국 대통령들의 70%이상이 프리메이슨 회원이었다고 주장한다.

하지만 리차드 청은 세계 곳곳에서 비밀 유착 집단들이 존재해 왔다는 것을 인정하되, 대중에게 알려진 프리메이슨이라는 집단은 허구라고 말했다.

그러면서 리차드 청은 음모론자들이 프리메이슨의 존재를 달러 뒷면의 전시안과 같은 여러 상징물들로 증명하려

하지만, 그것들은 그저 유행과 문화의 흐름이라고 단정 지었다.

이를테면 이런 것이다.

'그림자 정부라는 면에서 달의 뒷면을 프리메이슨이라고 할 사람도 있겠습니다. 고대부터 현대에 이르기까지, 세계 곳곳에는 그들만의 비밀 유착 집단이 존재해 왔습니다. 프리메이슨도 그렇습니다. 중세에 존재했었던 수많은 비밀 유착 집단 중 하나에 불과하지 음모론자들이 말하는 전통적인 집단이 아닙니다.'

그동안 비밀 유착 집단들이 점조직 형태로 세계 각국에서 그들의 이익에 따라 만들어지고 사라지길 반복했다면, 달의 뒷면은 그런 비밀 유착 집단들과는 크기부터가 다르다.

한 지역, 한 나라가 아닌!

전 세계의 대표적인 기득권자들이 유착하여 만든 이익 집단. 교통과 통신이 발전하면서 자연히 만들어질 수밖에 없던 부산물.

그것이 달의 뒷면(The hidden of the moon)이다.

사실 달의 뒷면이라는 이름도 리차드 청과 그의 무리들이 붙인 것이지, 나는 그들이 스스로를 부르는 이름이 있을 거라고 생각하지 않는다.

어떻게 보면 OECD(경제협력개발기구)도 그 일종이라고 할 수 있겠으나, 비밀 유착 집단이라고 불리려면 좀 더 실체적이고 그들만의 강력한 룰이 있어야 한다.

"'기적의 밤'이 너무 충격적이었던 모양입니다. 평소에 하지 않던 실수를 했더군요. 드디어, 실체를 잡았습니다. 그들은 어제 그들만의 회담을 가질 수밖에 없었던 겁니다."

그러면서 리차드 청은 모니터에 몇 가지 사진을 띄웠다. 대다수가 여러 나라에서 운용하는 감시 카메라 영상으로 보였다.

이 나라, 미국에서 찍힌 사진도 있었고 중국, 러시아, 사우디 등지에서 찍힌 사진들이 슬라이드 형식으로 천천히 넘어가기 시작했다.

어떤 사진은 흐릿하지만 어떤 사진은 인물을 뚜렷하게 잡았다.

그리고 그들 중 둘은 내가 알고 있는 얼굴이었다.

중국 총리, 러시아 대통령.

"일단 여섯 명을 찾았습니다."

리차드 청이 말했다.

하지만 나머지 넷은 경제나 정치 관련에서 쉽게 볼 수 있는 얼굴들이 아니었다. 사우디 왕궁에서 찍힌 사진 속

의 하얀 터번 중년 남자는 사우디 왕자로 추정되지만 어
느 매체에서도 한 번도 본 적이 없는 사람이었다. 그는 어
느 백인 남성과 악수를 하고 있었다.

"이자는 모하메드 알 힐리드입니다. 그리고 악수를 하
고 있는 자는 NRA(미국총기협회)의 숨은 회장으로 알려진
브루스 콜린이라는 사람입니다."

리차드 청은 구태여 중국 총리와 러시아 대통령에 대해
선 설명하지 않았다.

"이 둘을 비롯한 나머지 둘 또한 알려지지 않은 인물들
입니다. 하지만 대단한 권력가나 재력가들이겠지요."

"이자는 일본인이군."

다음 사진. 나는 늙은 아시아인 사진에서 그렇게 말했
다.

"예. 이자가 이전에 보여 드린 '라이트 블루' 사의 숨겨
진 소유주입니다."

일전에 리차드 청과 함께 인도네시아와 시에라리온에서
'라이트 블루' 사가 저지르고 있는 악행을 봤기 때문에,
나는 그를 관심 있게 쳐다봤다.

꽤 고령임에도 불구하고 젊은이 못지않은 탄탄한 육체
를 자랑하는 그는 풍경 좋은 해안가에 있었다. 그런데 무
슨 급한 일이 있는지 걷는 자세가 앞으로 쏠려 있었고 얼

굴도 심각했다.

그리고 다음 사진으로 넘어갔다. 턱을 괸 채로 가만히 모니터를 보고 있던 나는, 다음 사진에 떠오른 인물을 보고 자리에서 벌떡 일어설 수밖에 없었다.

리차드 청이 그런 나를 의아한 얼굴로 올려다봤다.

"아는 사람입니까?"

리차드 청이 물었다.

"알고말고."

그 말 뒤로 어처구니없는 짧은 웃음이 하, 하고 흘러나왔다.

이 세상에서 기자를 하고 있는 어린 색목도왕을 만났다. 동생의 복수를 향한 집념으로 가득 찬 해커 흑웅혈마도 만났다.

그렇다고 해서 이 얼굴을 다시 보게 될 줄이야……

어떻게든 이 세상은 저쪽 세상과 끈이 이어져 있단 말인가.

심지어 악연마저도?

"누구입니까. 이자는."

리차드 청은 모니터 속의 미남자를 뚫어지게 바라보며 말했다. 본능적으로 뭔가를 느꼈는지 리차드 청의 흔들리는 목소리에 강한 적개심이 실렸다.

"이자가 누구냐고?"

저쪽 세상에서는 네 손녀 설아를, 그리고 이쪽 세상에서는 네 동생 스노우 청을 죽였던 자.

그래.

이 세상의 옥제황월이 거기에 있었다.

*   *   *

설아는 순한 리트리버와 꼭 닮은 미소로 내게 안기려했다. 하지만 그 미소가 일순간 사라지며 고통이 자리하자 내 이가 악물렸다. 나는 내 가슴으로 파고든 설아의 몸을 안았고, 그녀의 가슴에서 피부를 뚫고 나온 옥제황월의 피에 젖은 손아귀를 발견할 수밖에 없었다.

"이놈은······."

설아가 우리를 떠나던 날이 놈의 사진 위에 겹쳤다. 노트북을 던져 버리고 싶은 충동을 간신히 참고, 크고 깊게 호흡했다.

그간 정신 수양을 많이 했다고 해도 그날의 분노와 슬픔은 내 몸 깊숙이 남아 있었다. 저 세상에서 옥제황월 그놈에게 실질적인 복수를 했어도 그 감정은 여전하다.

"우리에게는 악연 중의 악연이다."

당연히 리차드 청은 내 말을 이해하지 못했다.

"이자에 대해서 얼마나 알고 있지?"

"달의 뒷면의 화상 회담에 참석한 것으로만 알고 있습니다. 그 이상의 정보는 없습니다만, 참석했다는 것 자체로 이자를 회원 중 하나로 봐도 무방할 것 같습니다."

"이름도 모르나?"

"예."

"나도 이자에 대해 알고 있는 건 없다. 나는 전부터 네게 누누이 말했지. 우리는 운명으로 엮여 있다고. 이자 또한 그렇다. 단언컨대! 이자는 우리의 절대 악연이다."

"이자를 중심으로 조사하겠습니다."

리차드 청의 눈엔 절대적인 믿음이 실려 있었다. 그리고 그 이유를 곧 알 수 있었다.

"그런데 미 대통령이 아니라, 브루스 콜린이라는 자가 달의 뒷면 중 하나라는 말이지? 의외군."

"예. 달의 뒷면은 1991년에 소련이 붕괴하면서 재편된 집단으로 추측하고 있습니다."

세계이차대전과 냉전시대에도 그들만의 유착 집단들이 있었겠지만, 달의 뒷면이야 말로 인류 사상 처음으로 탄생한 세계 비밀 조직이었다.

"그때 현 대통령은 젊은 인권 변호사로 있었습니다. 하지만 브루스 콜린은 그때에도 여전히 총기 협회의 숨은 주인이었습니다. 교주님, 기적의 밤, 교주님께서 지하의 백악관 상황실(White House Situation Room)에서 대통령과 독대를 하셨을 때, 브루스 콜린도 거기에 있었습니다. 혹시 기억나십니까?"

"대통령 외엔 관심이 없었다. 그런데 너는 그날 백악관에서 있었던 일을 알고 있군?"

내가 그에게 구체적으로 말한 적은 없지만, 그는 달의 뒷면을 추적하는 과정에서 백악관과 항공모함에서 있었던 일을 스스로 알게 되었던 것 같다.

"그날 백악관 상황실에서 무슨 일이 있었는지는, 그들의 담화를 통해 알게 되었습니다. 영상 같은 건 찾지 못했습니다."

"추궁하는 게 아니다. 네 실력이 가히 대단해서 감탄하는 것이지. 어쨌든 이자는 민간인이면서 국가 비상 시설에 있었던 것이군?"

백악관 지하에 있는 상황실은 NSC(국가안전보장회의)소속의 요원들과 대통령이 지정한 관료들만이 출입 가능하다고 알려져 있다.

하지만 브루스 콜린은 민간인이면서 그날 그곳에 있었고, 그것이 그의 위치를 말해 주고 있는 셈이었다.

미국 대통령은 선거를 통해 바뀌지만, 브루스 콜린은 죽지 않는 한 변함없이 미국 총기 협회의 주인이다.

"오늘 대통령과의 담화는 잘 이뤄지지 않았지요?"

리차드 청이 말했다.

리차드 청은 모르는 게 없다. 그가 마음을 먹으면 모든 정보를 모으고 종합할 수 있으니, 내 능력이 그보다 대단하다 할 수 있을까?

어쩌면 이 세상의 절대자는 내가 아니라 리차드 청일지도 모른다.

"브루스 콜린은 강경론자였습니다. 미 대통령은 본교와의 관계를 본교가 위에 미국이 아래로 있는 수직적인 관계로 생각한 반면, 콜린이 생각하는 그의 미국은 달랐습니다. 콜린은 자신의 생각을 밀어붙였고 대통령은 아마도 역대 대통령들처럼 그를 무시할 수 없었을 겁니다."

"강경한 보수주의자일수록 제 기득권이 무너지길 무엇보다 두려워하기 마련이다. 하지만 그자는 기적의 밤을 겪고도 본교를 두려워하지 않았어. 이유를 알고 있나?"

"본교에 대항하기로 한 결정은 콜린만의 생각이 아닙니다. 회담 참석자들, 그리고 저들 중 하나일 리더가 강경한 입장을 내세웠을 거라 추정됩니다. 회담 내용 전체를 도청하지는 못했지만, 많이 언급된 단어를 추릴 수 있었습니다."

"그게 뭐지?"

"신. 초자연적. 대응. 피해 순으로 많이 언급이 되었고 마지막으로 톰(Tom)이 있었습니다."

"톰?"

"본교에 대한 대응책을 톰이라는 별칭으로 부른 것 같습니다. 그리고 톰은……."

리차드 청은 미군이 우리 섬을 폭격할 거라고 밝힌 날과 같은 표정을 지었다.

"핵이군. 저들의 대응책이라곤 그것밖엔 없겠지."

세간에 떠도는 소문대로 미국이 외계인과 협약하여 과학 기술을 이전받고 있지 않는 이상, 현실적인 대응책은 그뿐이다.

하지만 그 소문을 현실성이 전혀 없다고 치부하기엔 이미 나부터가 비현실적인 존재의 증명이지 않은가?

나는 피식, 웃음을 터트렸다. 그러나 곧 핵이 내포한 위험성이 떠올라 얼굴이 구겨졌다.

"회담이 끝난 어제 새벽, 캘리포니아 공군 기지에서 B61 계열의 전술핵을 이동시킨 징후를 포착했습니다. 몇 기를 옮겼는지는 알 수 없었습니다."

"자국 영토 안에서 전술핵을 터트리겠다? 그렇다고 쳐

도, 그들은 그게 '혈마'에게도 통할 거라고 생각한단 말인가? 믿을 수 없군……."

혈마는 하늘을 날고 공간을 이동하며 초자연적인 능력을 지닌 존재다. 그 존재가 지키고 있는 섬은 초자연적인 능력의 비호 아래에 있어서, 그 어떤 공격도 통하지 않았다.

"또 여기에 전술핵을 터트릴 수 있다고 생각하나? 항모 타격전단이 발사했던 미사일, 투하 폭탄을 담고 있던 전투기도 모두 공격을 실패했다. 무슨 수로 여기에 핵을 터트리겠다는 것이지?"

"저도 그게 의문입니다. 어쩌면 '톰'은 핵이 아닐지도 모르겠군요……."

"그렇지만 가장 확률이 높지."

핵은 미사일로 발사시키거나 전투기를 통해 투하한다. 흑천마검과 합일을 이루지 않다 하더라도, 나는 이 섬에 날아올 미사일과 전투기를 저지할 자신이 있었다.

동시에 수백 기의 미사일과 전투기가 나타는 것이 아니라면…….

머리가 지끈거렸다. 이래서야 강제로 섬에 구금되는 꼴이 아닌가 싶었다. 저번처럼 내가 자리를 비운 사이에 핵을 실은 전투기나 미사일이 나타날지도 모르는 일이었다.

다음날 점심.

시끄러운 소리에 밖을 내다봤다. 이틀 전에 섬에서 알렉스를 태우고 빠져나갔던 보트가 도착해 있었다. 그리고 알렉스 옆에는 탐스러운 가슴골을 고스란히 드러낸 채, 용병들을 향해 손을 흔드는 미녀가 있었다.

교도들 중에서 유일하게 음양신법을 전수받은 다나 샤론이었다.

뼛속까지 마약과 섹스에 중독되었던 예전의 모습은 그 어디에서도 찾을 수 없었다. 지금 그녀는 아름다움을 뽐내는 붉은 장미, 그 자체였다.

"와. 아름다운 곳이야. 삼촌도 좋아하실 거야."

샤론은 그녀를 향해 휘파람을 부는 용병들에게 손을 흔들어 주면서도 시선만큼은 섬 곳곳을 향했다.

"샤론!"

누구보다도 다나 샤론을 반긴 건, 그녀의 가정부였던 푸니타였다. 정문을 열고 뛰쳐나온 푸니타는 달려간 그대로 샤론의 품에 안겼다. 푸니타의 머리칼을 만지며 밝은 표정을 짓는 샤론, 그리고 그런 그녀를 바라보는 용병들의 얼굴에 흐뭇한 미소가 걸렸다.

알렉스와 샤론은 섬에 도착한 즉시 나를 찾아왔다.

"안녕?"

샤론이 코를 찡그리는 버릇을 보이며 살짝 웃었다. 알렉스는 무심한 눈빛으로 그녀를 바라보던 시선을 내게로 돌렸다.

다녀왔습니다. 스승님.

알렉스의 진중한 눈빛이 그렇게 말했다.

"전 샤론을 잘 알고 있습니다."

공식적으로 정은 다나 샤론과 이번에 처음 만나는 것이었다. 이전에 내가 그녀를 치료했을 때는 정이 아니라 하얀 가면을 쓴 교주의 신분이었으니까.

"나도 정을 잘 알고 있다고 생각했어. 알렉스 장로님에게 많은 얘기를 들었거든. 그런데 뭐야? 정은 듣던 것과는 달리 많이 핫(Hot)하잖아?"

"그래요? 감사합니다. 그런데 알렉스 장로가 절 괴짜(geek)라고 설명했나 보죠?"

"비슷해."

샤론은 가늘게 뜬 눈으로 웃어 보였고, 알렉스는 그런 샤론을 향해 팀을 대할 때와 비슷한 표정을 짓고 있었다.

"난 여기가 달처럼 됐을 줄 알았어. 달에 분화구가 움푹움푹, 많잖아. 그런 식으로. 그런데 어딜 봐도 전쟁의 흔적이 전혀 없는걸?"

"알렉스 장로가 섬에 있었던 일을 말해 줬군요."

"아무리 나라도 믿을 수 없는 일이었지만……. 저게 저렇게 덩그러니 떠 있네. 하! 몇 번을 봐도 컴퓨터 그래픽 같아."

다나 샤론은 창문 너머로 인근에 정박해 있는 항공모함을 바라보며 말했다.

"샤론, 한 주 뒤에 대집회가 있다는 말은 들었지요? 그 때문에 온 겁니까?"

"그건 제가 설명하겠습니다, 정."

내가 정의 신분으로 있을 때만큼은 연기를 해서라도 날 편하게 대하라 했음에도 불구하고, 알렉스는 통 고칠 생각이 없어 보였다.

"정에게 얼굴 도장도 찍었겠다, 난 잠깐 이 아름다운 섬을 구경해도 될까? 정?"

다나 샤론이 들뜬 기색으로 말했다.

"그럼요."

다나 샤론은 자신이 되찾은 미소가 얼마나 매혹적인지 잘 알고 있었다. 그녀가 갑자기 싱긋 웃은 후 나를 껴안았다. 그녀의 풍만한 가슴이 내 가슴을 눌렀고, 그녀의 붉은 입술은 내 귀에 닿을 듯 말 듯하였다. 그녀가 내게 속삭였다.

"교주님께 잘 말씀드려줘. 부탁할게."

무슨 말을 하는 거지?

나는 허탈한 웃음과 함께 밖으로 나가는 다나 샤론의 뒷모습을 물끄러미 바라보았다. 그러고는 문이 닫히길 기다렸다 말했다.

"샤론의 기(氣)가 느껴지나?"

"예. 스승님. 지난 반년 간 꾸준히 수련을 해 온 모양입니다."

저쪽 세상으로 치자면 이제 막 혈마교에 입교한 지 채 반년도 안 된 어린 소교(小敎)들보다도 못한 내공이지만, 그녀의 단전에는 분명히 기가 배양되고 있었다.

"그런데 다나 샤론과 함께 올 줄 몰랐군."

"저 커다란 철 덩어리는 다뤄 봤던 전문가가 필요하다고 생각했습니다."

"맞는 말이다."

"인맥을 통해 백방으로 알아봤는데, 그 전문가가 우리와 가까운 곳에 있었습니다. 다나 샤론의 가까운 친척 중에 퇴역한 해군 대장이 있었습니다. 태평양 제7함대 사령관을 역임했던 자로, 이라크 전쟁이 종결된 후에도 군에 있었으나 2년 전 건강상의 이유로 퇴역했다 합니다."

"네 생각은 그자를 본교로 들이자는 말이군? 한데 왜

같이 오지 않았나?"

"같이 올 수가 없었습니다. 그자는 스위스의 안락사 병원에 있었습니다. 2년 전에 폐암 말기로 진단 받았는데, 그때부터 1년 반가량 항암 투병을 하다 반년 전에 스위스로 들어갔습니다. 모르핀을 맞으면서 죽기 좋은 날을 기다리고 있는 것 같습니다만. 스승님. 하나 여쭙고 싶습니다."

나는 고개를 끄덕였다.

"그자를 본교에 데려오면……. 치유가 가능한지요? 거의 모든 장기에 암이 전이된 최악의 상태라 들었습니다."

문득 학창 시절이 생각났다. 햇수로 따지자면 그리 오래 되지 않았지만 까마득한 과거처럼 느껴지는 그때, 나는 암에 걸린 기영이 어머니를 치료한 적이 있었다.

신의에게 전수받았던 의술들은 아직도 고스란히 기억하고 있고, 다시 하자면 할 수 있다 생각했다.

알렉스에게 지난 이야기를 한 적은 없다. 하지만 그동안 보여 줬던 신적인 능력 때문에, 죽어 가는 자를 살릴 능력 또한 있을지 모른다고 막연히 생각했던 것 같다.

"미 해군 대장으로 있었던 자다. 살릴 수는 있겠지만 그가 과연 본교의 사람이 될지는 의문이군."

"아!"

알렉스의 부릅떠진 눈에서 빛이 났다. 그것도 잠시, 변검술이라도 익힌 것 마냥 그의 낯빛이 순식간에 변했다.

"그자가 반(反)하면 스승님께서 주신 생명, 제자가 거두겠습니다."

알렉스가 사자(使者)의 얼굴로 말했다.

제6장

쩍각쩍각

"이해할 수 없다. 이해하고 싶지 않다. 혈마교의 무공에, 마신(魔神)과 함께하는 자가 어떻게, 어떻게 아무것도 하지 않는 것이 가능한단 말인가? 네 존재는 그야말로 비극이다. 분명 앞으로의 혈마교와 중원에서도 그럴 것이며, 네 세상에서도 그럴 것이다. 너 같은 녀석이 그런 힘을 가졌으면 안 됐다."

옥제황월은 나를 가증스럽다는 듯 쳐다보며 말했다.

간혹 사람은 꿈속에서 그것이 꿈인 것을 인지할 때가 있다. 지금이 그랬다. 더군다나 이 꿈은 작년쯤에 지금과 동일하게 세 번이나 꿨던 그 꿈이기도 했다.

"엊그제 이 세상에서 네놈과 똑같은 놈을 봤다. 아마도 운명의 끈이 이어진, 이 세상의 또 다른 네놈이겠지."

다시 이놈이 꿈에 나 온 것도 이 세상의 이놈을 발견했기 때문일 게다.

"너 같은 녀석이 그런 힘을 가졌으면 안 됐다……."

놈은 한(恨)이 서린 귀신처럼 똑같은 말만 중얼거리고 있었다.

"망령 주제에 혓바닥만큼은 여전히 살아 있군."

휙.

단칼에 녀석의 목을 베었다. 꿈속임에도 불구하고 놈의 목뼈를 가를 때, 검병을 타고 묵중한 무게감이 느껴졌다.

나는 바닥으로 떨어진 놈의 얼굴을 내려다봤다. 잘린 목 단면에서 움찔움찔, 흘러나오는 피들이 어느새 웅덩이처럼 고였다. 그 안에서 놈의 얼굴이 180도로 빙그르 돌았다.

피로 떡칠 된 놈의 얼굴이 희번뜩한 눈알을 굴리며 입을 열었다.

—**쩍각. 쩍각.**

놈의 입에서 시계 소리가 흘러나왔다.

뭐지? 하고, 생각하고 있을 때 더러운 기분 그 상태로 꿈이 깨고 말았다.

침상에서 일어난 지 한참이 지나도 한번 더러워진 기분은 쉽게 나아지지 않았다. 꿈이 워낙에 생생하기도 했거니와, 놈이 흉내 냈던 시계 소리가 이명(耳鳴)처럼 계속 아른거렸기 때문이다.

기분 나쁜 꿈 때문에 지체됐던 하루 일과를 시작하기로 했다.

하루 일과는 특별한 일이 없지 않은 이상 운기조식으로 시작한다. 온전히 수련만 할 수 있는 상황이라면 최소 세 시간 이상을 운기조식에 시간을 들였을 테지만, 지금 본교에 닥친 상황은 나를 그렇게 놔두질 않았다.

운기조식을 한 시간 가량하고 나면 창으로 햇살이 들어오는 진짜 아침을 맞이한다. 그때 푸니타가 조식을 들여온다.

오늘 아침은 구운 베이컨과 계란이 올라가 있는 토스트 그리고 우유였다. 식사를 할 때만큼은 아무런 생각을 하지 않으려고 노력한다. 무념(無念). 오로지 먹는 데에만 집중해서 잠깐이마나 막중한 책임감을 비롯한 스트레스를 잊는 시간을 가진다.

다 먹고 나면 책상에 앉는다.

책상은 푸른 바다와 깨끗한 해변, 이제는 덩그러니 한쪽을 차지하고 있는 항공모함이 훤히 보이는 창가에 붙어 있다. 책상 위에는 푸니타가 조식과 함께 가져왔던 일간지들이 놓여 있다.

미국 중요 일간지 3부(뉴욕 타임즈, LA 타임즈, 워싱톤 포스트)와 캘리포니아 주 일간지 1부.

인터넷에서 볼 수 있는 기사들이지만, 푸니타의 삼촌은 이른 새벽에 직접 보트를 타고 나가 해안 상점에서 신문을 챙겨 오길 고집했다.

중요 일간지들과 캘리포니아 주에만 발행되는 지방지는 여전히 '합동 군사 훈련 도중 벌어진 미스터리' 들을 다루고 있다. 그중 LA 타임즈(Los Angeles times)가 사실에 가장 근접한 인터뷰를 내놓았다.

LA 타임즈가 그러한 인터뷰를 실었다는 것은 뉴욕 타임즈와 워싱턴 포스트지 측에서도 비슷한 인터뷰를 따왔을 거라고 생각한다. 하지만 전통 깊은 유력지인 뉴욕 타임즈와 미국의 대표적인 보수 신문사의 워싱턴 포스트지가 다루기에는 너무나 조심스러운 인터뷰였을 것이다.

그러나 LA 타임즈는 인터뷰를 기사화하였고, 그것은 분명히 언론인들 사이에서도 지탄을 받을 만한 일이었다.

대담하지만 공평을 원칙을 해야 할 대표 언론이 상업주의와 결탁했다, 라고 할 만큼 증거가 뒷받침되지 않은 흥미 위주의 인터뷰였다.

LA 타임즈도 그것을 인지하기 때문인지, 아니면 다른 이유에서였든지 간에.

특종면인 1면에 내세우지는 못하고 뒷장인 3면에 넣었다.

Q) 본인 소개를 해 주시겠습니까?

A) 합동훈련이라고 발표한 그 작전에 동원되었던 3함대 소속의 해군입니다.

Q) 본지는 훈련에 동원되었던 장병들과의 인터뷰를 통해 그곳의 이야기를 대중들에게 전하고 싶었습니다만, 장병들과의 면접이 거부되었습니다.

A) 코드 301이 내려왔기 때문입니다.

Q) 코드 301은 무엇입니까?

A) 코드 301부터 304까지는 군사기밀보호법 군사기밀의 보호조치를 확대시킨 군 내부령입니다. 보호해야 할 군사기밀의 내용과 가치의 정도에 따라 등급이 나뉘며 301, 302, 303, 304 순입니다.

Q) 정부와 군은 28일의 사고를 합동 군사 훈련 도중 일어난, 공식적으로는 '반복되지 않아야 할 안타까운 사고'로 밝혔습니다. 그런 불운한 사고에 불과한데, 군사기밀 보호조치를 확대시킨 군 내부령의 발동은 많은 의심을 불러오게 합니다. 코드

301이 발동되었을 때는 언제였습니까?

A) 코드 301에서 304는 9.11 이후에 만들어진 내부령으로 현재까지는 9.11 테러 이후에 코드 301이 딱 한 번 발동된 것으로 알고 있습니다.

Q) 내부령과 군사법에 차이를 두는 것 같은데, 내부령에 대해 자세히 말씀해 주시겠습니까.

A) 내부령은 공식적으로는 군사법에 기재되지 않았지만, 사실상 군법과 동일한 효력을 발휘합니다. 보통 군 위기상황에 발동하는 내부령의 특성상, 군법의 위에 있다 보아도 무방합니다.

Q) 현 군사법에는 군 위기 상황에 필요한 그리고 즉각 대응이 가능한 관련법들이 많이 제정되어 있는데, 내부령이 왜 만들어졌습니까?

A) 인권 문제 때문에 그런 것으로 알고 있습니다.

Q) 지금까지의 말씀으로 볼 때, 내부령은 인권을 침해하는 사실상 강력한 법규인 것 같습니다. 그렇다면 특급의 군사기밀 보호조치를 위한 내부령인 코드 301의 강제력이 예상됩니다. 군사기밀은 보호되어야 합니다. 하지만 면접권을 통제하는 등과 같은 인권침해와 보호조치와는 엄연히 차이가 있습니다.

A) 그렇습니다. 코드 301로 인해 면접, 이동, 통신 등 군 외부와 닿을 수 있는 모든 행위가 제한되어있습니다.

Q) 이렇게 본지와의 인터뷰를 가능하게 한 그 용기와 희생에

대해 다시 한 번 감사드립니다.

A) 누군가는 해야 할 일이었습니다.

Q) 다시 본론으로 돌아가서, 코드 301은 9.11 때에 한 번만 발동되었고 이번에 다시 발동되었습니다. 그것은 이번 합동 훈련 도중의 사고를 군에서는 9.11에 버금가는 군 위기 상황으로 판단하고 있다, 라고 볼 수 있습니까?

A) 군사기밀을 특,A,B,C 이렇게 네 등급으로 나누어서 그 기밀을 보호하기 위해 코드 301부터 304까지의 내부령을 두었습니다. 이번에 코드 301이 발동된 것은 군사기밀 보호 조치를 위한 내부령이 301까지만 만들어졌기 때문입니다.

Q) 이번 합동훈련 도중의 사고가 9.11 테러 사건 때보다 더한 위기 상황이다, 라는 것입니까?

A) 그렇습니다. 자세히 말하자면 정부와 군이 제3함대와 연안 경비대와의 합동훈련이라고 밝힌 그 일은, 훈련이 아니라 전투였습니다.

Q) 테러가 있었습니까?

A) 아닙니다. 설사 9.11과 비등한 동시다발적인 테러 공격이 있었다 할지라도, 제3함대의 항모타격전단이 출격하는 일은 없었을 겁니다.

Q) 그러면 그날 무슨 일이 있었던 것입니까?

A) 우리는 우리 영토 안에서 전투를 하였습니다.

Q) 쿠데타 시도가 있었습니까?

A) 아닙니다.

Q) 그렇다면 우리 영토 내에서 누구와 전투를 한 것입니까?

A) 처음에는 국내에 잠입한 테러리스트 세력이라고 알고 있었습니다만, 전투 과정에서 그 세력이 대중에게는 알려지지 않은 종교 집단이라는 게 밝혀졌습니다.

Q) 합동 훈련이라고 밝힌 그 일은 레돈도 비치(Redondo Beach)에서 서쪽으로 약 100km 떨어진 연안에서 일어났습니다. 본지가 조사한 바로는 그곳은 무인정찰기 트리톤(Triton)이 추락한 지점이었고, 실제로 이번 합동 훈련이 트리톤이 추락한 계기로 인해 시작된 것으로 알고 있습니다.

A) 그 지점의 무인도에 우리 군과 전투를 벌인, 종교 집단이 거주하고 있습니다.

Q) 트리톤의 추락은 우연이 아니었습니까?

A) 군은 서부 연안의 무인도에 거주 중인 종교 집단이 무인정찰기를 추락시킨 것으로 판단하고 있습니다.

Q) 지금까지 알려진 것만으로는 28일경에 전투기 12대와 헬기 2대가 추락했고 연안 경비대의 구축함 두 대가 침몰하였습니다. 본지뿐만 아니라 많은 대중들이 군과 정부의 발표를 의심하는 이유는 그것들 때문이 아니라, 오폭했다고 밝힌 토마호크 미사일들 때문이었습니다.

A) 우리 군은 종교 집단이 거주하고 있는 서부 연안의 무인도를 폭격 시도했습니다. 하지만 모두 실패했습니다. 그리고 그 결과가 군과 정부가 밝힌 피해 상황입니다.

Q) 우리 미합중국은 종교의 자유와 활동을 보장하고 있습니다. 어째서 정부가 그 종교 집단에 군사 작전을 펼쳤는지 궁금했습니다만, 종교 집단이 우리 군의 무인정찰기를 격추한 것에서 본지는 그 이유를 찾을 수 있었습니다.

A) 그렇습니다.

Q) 하지만 결과는 충격적입니다. 말씀에 따르면 28일에 있었던 합동 훈련은 훈련이 아니라 합동 군사 작전입니다. 전례가 없었던 일이나 논외로 합시다. 그렇다면 우리 영토 내에서 항모 타격전단과 연안 경비정이 벌인 대규모 합동 군사 작전에서, 그런 피해가 있었던 것입니까.

A) 우선 이것부터 말씀드리겠습니다. 군사 작전은 실패했습니다. 정확히 말씀드리자면 우리 군은 이번 전투에서 패배했습니다.

Q) 다시 확인하겠습니다. 우리 군이 우리 영토 내에서 패배를 하였다는 말씀이시지요?

A) 그렇습니다. 폭격은 실패했고 무인도로의 착선을 시도하지 않았으며, 항모 본체와 연안 경비대의 경비정 몇 척만을 남겨둔 채 회항했습니다. 이것은 명백히 패배입니다. 하지만 저는

코드 301이 발동된 것은 우리 군의 패배를 감추기 위해서가 아니라고 생각합니다. 그것은 저뿐만이 아니라 군 내부의 동일한 생각입니다.

Q) 그럼 정부와 군이 그렇게 감추려고 하는 진실은 무엇입니까?

A) 신(God).

인터뷰는 거기서 끝이 났다.

인터뷰를 진행했던 기자는 인터뷰 말미에, 당시의 인터뷰는 전화 회선을 통해 진행되었고, 안타깝게도 '신'이라는 대답을 끝으로 연결이 끊겼다고 밝혔다.

또한, 인터뷰에 응한 정보원은 군 내부에 영향력이 있는 사람이라는 것도 밝히면서도, 인터뷰 내용의 사실은 확인되지 않았고 정보원과의 질의응답이었을 뿐이라는 모순적인 태도를 보였다.

대표 일간지에서 특종은 아니지만 특종처럼 3면에 다뤄졌다. 인터뷰 내용이 너무 파격적이라 큰 반향을 일으킬 게 분명했다. 앞으로 사실을 확인하려는 많은 시도가 있을 것이다.

"역시 그 많은 입들을 막지는 못하지. 제아무리 미국이라 할지라도……."

하지만 성급하게 생각하지 않았다.

저 인터뷰 내용을 고스란히 믿는 사람이 있다면 그 사람이야 말로 정신적으로 이상한 사람일 테니까.

나는 대표 일간지임에도 불구하고 인터뷰를 실은 LA 타임즈의 용기에 박수쳤다. 아마도 지금쯤이면 그들의 사무실에 FBI가 가득 차 들어있겠지만.

"스승님."

알렉스가 들어왔다.

"도착했군?"

"예."

다나 샤론의 친척, 전(前) 미 해군 대장이 섬에 들어왔다.

*　　　*　　　*

이미 죽어 있는 사람인 줄 알았다.

앙상하게 마른 두 팔이 고이 접힌 채로 누워 있는 모습은 영락없는 시체였다.

다만 핏기 하나 없는 새하얀 입술 사이로 쉬이쉬익거리는 미약한 숨소리와, 금방이라도 흩날려 갈 것은 한 줌의 진기만이 그가 생존해 있음을 증명하고 있을 뿐이었다.

"우리 삼촌. 많이 피곤할 수밖에. 하루 종일 비행기 안에 있었으니까."

다나 샤론이 우리의 마음을 읽고는 그렇게 말했다.

슬프지만 희망이 담긴 미소와 함께 이불을 삼촌의 가슴 위까지 끌어 올린 그녀는 이제 그만 나가달라는 알렉스의 말에 머뭇거리다가 겨우 발걸음을 떼었다.

"레돈도 비치 부두에 미행이 붙어있었습니다."

전 미 해군 대장. 이름은 제라드 로어.

그는 스위스에서부터 다나 샤론이 미리 준비해 둔 소형 전세기와 헬리콥터들을 번갈아 타며, 이곳 켈리포니아주 레돈도 비치까지 간신히 도착했다.

간병인 없이 스스로 팔에 모르핀을 꽂으며 만 하루를 날아왔다. 강렬한 그 의지에서 생존 욕구가 엿보여 일단 나는 긍정적으로 생각했다.

"이자가 우리에게 오고 있다는 것을 정부가 눈치챈 것 같았습니다. 평상시에 부두가에 몰려 있던 사복 요원들이, 이번에는 우리와 약속한 헬기 착륙장에도 많았습니다."

"방해했나?"

"그건 아닙니다. 우리를 지켜보기만 할 뿐, 이렇다 할 행동은 취하지 않았습니다."

미 정부의 입장이 이해가 가지 않는 것은 아니다. 혈마와 약조를 했다고 해도, 우리가 자국에서 활동하고 있는 이상 감시를 할 수밖에 없었을 것이다.

"스승님, 본교의 정보가 새어 나간 걸로 봐서, 본교에 배교도가 있는 것이 아닙니까?"

"그것에 대해선 들은 바 있다. 청이 말하길, 청과 해커 교도들이 그들을 해킹하듯, 그들도 그렇다는 것이다. 다나샤론의 핸드폰을 도청하는 것쯤은 쉬웠겠지."

"이자는 전 미 해군 대장입니다. 그리고 본교에는 함장이 없는 항공모함이 있습니다. 이자를 데려온 본교의 목적이 무엇인지, 정부는 알고 있을 겁니다. 그런데도 우리를 지켜만 볼 뿐이었습니다."

"정부가 본교에 약조한 것이 있다. 원래는 감시 또한 하면 안 되지만……. 그것까지는 막을 수 없겠지."

그들이 직접적인 행동에 나서지 않은 이상, 멀리서 지켜보는 감시까지는 용인하기로 마음먹었다. 나로서도 그것을 꼬투리 잡아, 지금 당장 미 정부에 실력을 행사하기엔 무리가 있었기 때문이다.

그쯤에서 대화를 멈추고 제라드 로어의 상태를 살피기로 했다.

손을 펼쳤다. 청색으로 외형을 이룬 기운들이 갈래갈래 찢어지며 그의 눈, 코, 귀, 입, 배꼽, 항문을 향해 미끄러지

듯 날아갔다. 그가 놀라서 눈을 부릅떴지만 옆에 있던 알렉스가 차분히 그의 눈을 감겨 주었다. 그러자 다시 뜨지 않았다.

이윽고 내가 흘려보낸 기운들이 그의 몸에 가득 찼다. 나는 가만히 눈을 감고 그의 몸 안을 샅샅이 누볐다.

기운들을 제 육감(六感)으로 삼아 혈도에 흐르는 혈액을 느끼고, 저기서 울리는 심장 박동 소리를 들었다. 조금 더 깊게 집중하면 세포 조직까지 느낄 수 있을 것 같았다.

이런 일련의 과정들은 마치 내가 작은 요정이 되어서 제라드 로어의 체내로 들어간 듯한 느낌을 받게 했다.

된다! 돼!

나는 즐거운 발견에 기뻐서 속으로 소리쳤다.

신의는 환자의 병태를 살피는 방법으로 수맥촉향시목(手脈觸香視目) 여섯 가지 방법을 전수했었다. 하지만 내기로 그의 몸을 내 몸처럼 엿보는 이 방법은 신의가 전수해 준 것이 아니다.

흑천마검과의 합일했을 때 깨달은 신기(新技)였다.

조금 더 집중했다. 내 기운은 그의 세포와 혈액으로 침투했다. 혈도를 타고 흐르는 그 기운에 나를 맡겼다. 그리고 나는 이상한 세계에 온 엘리스마냥, 이 신비로운 경험을 만끽했다.

타인의 우주(宇宙)를 유람한다.

그의 깊숙한 곳까지 더 파고들었다.

이윽고 목적을 달성한, 나는 그의 의지에 다시 한 번 감탄하면서 기운들을 갈무리했다.

"듣던 대로군."

그가 이곳까지 혼자 온 것이 용했다.

아마도 암은 폐부터 시작되어 사방으로 전이된 것 같은데, 골수와 뼈 전이도 심각했다. 그렇게 몸을 움직이기 힘든 상태에 뇌로 전이를 시작한 암세포는 그의 시각에도 영향을 줬을 것 같다.

"치료를 시작하기에 앞서, 이자의 의중을 직접 들어야겠지?"

알렉스는 나를 멍하니 바라보고 있다가, 정신이 번쩍 든 표정을 지었다.

"예. 스승님."

나는 집게손가락을 들어 그의 백회혈(百會穴)에 가져다 댔다.

죽은 정신을 깨우는 방법으로는 백회혈을 자극하는 방법만 한 게 없다.

오죽하였으면 저쪽 세상의 도인들은 백회혈을 니환궁(泥丸宮)이라 부르며, 탄천지기(呑天之氣:하늘의 기를 삼키다)의 수단으로 신성시까지 했을까.

약간의 내력을 흘러 넣자 즉각 반응이 왔다. 나의 믿음 직스런 알렉스는 준비해 뒀던 하얀 마스크를 내게 건넸다.

나는 마스크를 쓰고 그가 눈을 뜨길 기다렸다.

"여기는……."

그가 파리한 안색으로 입을 열었다. 눈을 완전히 뜰 기력까지는 없었는지 게슴츠레한 눈이 천장만을 향했다.

—여기는 혈마교며, 나는 본교의 교주다.

나는 음성에 내력을 실어 보냈다.

"제…… 제대로 왔어……."

내 목소리를 들은 그는 안도하면서, 힘겹게 떴던 눈을 다시 감았다. 여기까지 오는 길에 끝까지 쥐고 있었던 마지막 남은 일말의 힘을 모두 쓴 탓이었다.

—교도 다나 샤론의 친척이라 들었다.

"맞습니다……. 다나가 사람이 된 게……. 이곳, 교주님 덕분이라고 했습니다. 그때 전……. 마지막 동의서에 막 사인을 하려고 했었을 때였죠."

그는 그렇게 말한 후에 쓴 웃음을 지었다.

—너는 왜 이곳에 왔는가?

"다나는 솔직한 아이였습니다. 그 솔직함이 과해서 많은 사람들에게 미움을 샀다고는 알고 있긴 하지만……. 아주 어렸을 적부터 거짓말을 한 적이 없습니다. 다나가 4살 때였나, 그때 한 거짓말로 다나는 사랑스런 강아지를 잃었던 적이 있었습니다. 그 이후로 거짓말은 절대 하지 않았습니다."

제라드 로어는 잠꼬대를 하는 것처럼 장황하게 중얼거렸다.

"다나는……. 제가 선택을 받았다고 했습니다. 기적이 있을 거라고 했습니다. 다시 건강히 걷고 어쩌면 뛸 수도 있을 거라 했습니다. 교주님. 정말 그렇게 될 수 있습니까?"

—천륜에 반(反)하여, 죽은 생명을 살리는 일에는 대가가 따른다.

"오리엔탈적인 말이군요. 무슨 뜻인지는 알고 있습니다. 다시 살 수 있다면……. 무엇인들 못 하겠습니까……. 지금 죽기에 저는 너무 젊습니다.

그의 나이 오십대 후반.

해군 대장이라는 자리는 그가 얼마나 치열하게 살아왔는지를 말해 주고 있다. 고작 육십 년도 살지 못하고 이렇게 죽는다면, 아등바등 살아왔던 지난 세월이 억울할 만하다.

아니 그러한 사람이 어디 있겠느냐 만은, 큰 명예를 한

번 얻어 봤던 자이기에 더욱 그렇다.

　─네가 완치된 뒤 본교에서 해야 할 일이 무엇인지 다나가 설명해 주었는가?

　"전에 했던 일을 하면 된다 하였습니다."

　─본교는 현재 미합중국과 대립하고 있다.

　"알고 있습니다. 섬에서 있었던 일도 들었습니다."

　─이건 일종의 도박이었겠군?

　"다나는 정키(약물중독자) 중 정키였습니다. 심지어 그녀의 어머니조차, 조만간 다나는 할렘가 뒷골목에서 주사기를 꽂고 죽은 채로 발견될 거라 했었습니다. 분명 다나는 저보다 더 죽어가고 있었습니다. 저보다 더 빨리 죽을 줄 알았죠."

　그러면서 제라드 로어는 흐흐, 하고 짧은 웃음을 흘려보냈다.

　"다나는 제 2의 톨킨(Tolkien:소설, 반지의 제왕의 저자)이 될 자질이 있었습니다. 과하고 터무니없지만 다나는 분명히 재미있는 이야기를 제게 들려주었습니다. 그 이야기를 믿어서 스위스를 떠난 건 아니었습니다. 마지막 동의서에 사인을 하면 저는 칼륨액을 주입받고 자듯이 죽었을 겁니다. 죽는 것이 무척 억울하지만 어쩌겠습니까? 그런데 그날 햇살이 좋았습니다. 이렇게 좋은 날에 갑판에서 바닷가를 바라보면 정말 아름답지요. 죽기 전에 마지막으로 다시 보고 싶다, 라고 생각했습니다. 그래서 스위스를 떠난 거였습니다. 짧다면 짧은, 하지만 제게는 무척 고통스런 여정이었습니다. 그래도 신이 났습니다. 다나가 했던 이야기도 있어서, 톰 소여가 된 것 같았습니다."

―조(소설, 톰 소여에 나오는 인디언)의 보물은 찾았나?

"예. 성스러운 목소리……."

―그래. 네게 생명을 주겠다. 그리고 명심하라. 내가 준 생명은 언제든 거둘 수 있다는 것을……. "

그는 만족스러운 미소와 함께 겨우 잡고 있던 정신을 놓았다.

"배반할 것 같지는 않습니다. 죽음에 순응하고 있었다는 듯이 말은 했지만, 전반적으로는 억울함이 가득했습니다."

"미 해군 대장이었다기에 조금은 염려했었던 게 사실이다. 하지만 더 이상은, 그간의 굴레에 얽매일 것 같아 보이진 않더군."

"안락사 병원에서 있었던 자입니다. 그곳에서 많은 생각을 했겠지요. 미 해군 대장이었으나 이제 그에겐 그건 중요치 않을 겁니다. 본교의 항모를 맡기기에 제격인 것 같습니다."

나는 고개를 끄덕였다.

미 해군 대장을 역임했었던 노련한 해양 지휘관이면서도, 안락사 병원에서 삶의 열망을 억지로 짓누르고 있던 과거가 있던 자.

이자 같은 조건을 가진 사람을 다시 찾긴 어려울 것 같았다.

"축복 받은 자입니다. 그 누가 이런 기적을 받을까요······."

알렉스는 말없이 제라드 로어를 응시했다. 그러다 내게 허리를 숙이며 말했다.

"스승님. 제자는 밀튼과 용병들을 데리고 항모에 오르겠습니다."

그동안 미뤄 왔던 '함내 조사'를 위해서였다.

합일체가 된 내가 갑판 위에 있던 전폭기들을 모조리 바다로 치워 버린 것 외에는 모두 온전한 상태로 인도받았다. 그때 미 정부는 천재지변을 초월하는 상식 밖의 사건에, 이것저것 생각할 것 없이 승조원(乘組員)을 구조하는 것으로만 만족해야 했다.

항모가 출격할 때, 승조원 육천여 명이 최소 한 달가량 생활할 수 있는 의약품, 식량, 의복, 생활용품 등을 가득 적재했을 거라고 추측된다. 또한 착선을 했을 때와 같은 비상 상황에 준비하여 육천 승조원들의 전투 장비도 적재함에 고스란히 있을 것이다.

그뿐이랴.

하갑판에 있을 격납고에는 정비 중인 전투기와 헬리콥터들이, 탄약고에는 탄약은 물론이고 온갖 미사일들이, 항공기 자재 창고에는 정비 부품과 탱크를 가득 채운 경유가 새로운 주인을 기다리고 있을 것이다.

어쩌면……

정말 어쩌면……

전술핵도 있을지도 모른다. 미 해군이 공식적으로 인정하고 있지는 않지만, 항모에 전술핵을 적재하고 있다는 소문이 거의 사실로 여겨지고 있으니 말이다.

"다녀오겠습니다."

알렉스가 나갔다.

나는 항모에서 신경을 거두고, 책상 서랍 속에 넣어 두었던 침통(鍼筒)을 꺼냈다.

그리고는 제라드 로어 앞에 우두커니 섰다.

*　　　*　　　*

다른 용병들은 지금도 항모 조사에 한창이지만, 섬에 남

은 용병들은 서로 경쟁하듯이 다나 샤론에게 기적의 밤에
있었던 일을 이야기하고 있었다.

"정말? 미사일이 코앞까지 날아왔었다고? 저택에 충돌
하기 직전에 갑자기 방향을 틀었어? 짜릿해! 완전 식겁했
겠다. 알렉스 장로는 사람이 참 재미가 없어. 반면에 당신
들의 입담은 최고야. 나는 말 잘하는 사람만큼 섹시한건
없다고 생각해. 그래서? 그 다음에 어떻게 됐는데?"

다나 샤론은 나를 발견했어도 살짝 눈인사만 했을 뿐이
다.

그녀는 삼촌의 상태에 대해서 궁금해 하지 않았다.

본교에서 고통스런 치료 과정을 겪었기 때문일까? 그래
서 삼촌의 치료가 궁금했어도 정확한 과정을 일부러 묻지
않는 것인지도 모른다.

이유야 어쨌든, 그녀의 표정은 매우 밝았다. 삼촌이 건
강한 모습으로 걸어 나올 것이라고 믿어 의심치 않는 것
같았다.

오늘도 섬은 평화롭다. 외부에서 어떤 공작을 준비하고
있든, 당장 지금만큼은 그렇게 보였다. 나는 뒤뜰에서 마
주친 푸니타의 친척들과 인사를 나눈 뒤, 섬으로 돌아온
팀의 하소연을 들어 줬다.

팀은 지난 며칠간 섬을 떠나 있었다. 모든 교도들에게

이제 코앞으로 다가온 대집회 참석을 알리기 위해서였다.

"말도 마세요. 성질 같아선 전부 다 때려눕히고 싶었다니까요. 떼어 내도 떼어 내도 얼마나 진드기 같이 달라붙던지 마지막 날엔, 진드기병에 걸린 것 같이 노이로제까지 걸렸어요."

팀은 레돈도 비치 부두에서부터 시작된 정부 요원들의 미행에 질색하면서, 콧바람을 훅훅 내뿜었다.

"에너미 오브 스테이트(1998년작, 첩보영화) 한 편 제대로 리메이크했죠. 그렇게 떼어 내도 계속해서 붙는 걸 보면, 도로 카메라, 위성, 도청 모든 걸 다 동원해서 저를 추적한 게 분명해요."

팀이 짜증 내면서 말했다.

"그렇게 심했으면 한 대 치지 그랬어?"

"사실은……. 쳤죠. 다섯 명쯤 휠체어 신세로 만들었습니다."

그렇게 말한 뒤 팀은 내 눈치를 살폈다. 내가 빙그레 웃자 팀의 얼굴도 밝아졌다.

"교도들은?"

"사부 예상대로예요. 많이들 불안해하고 있었어요. 며칠 전부터 집 앞 도로에 정체불명의 SUV가 항상 주차되어 있으니까요. 신고해도 그때 뿐, 넘버만 바꾼 차가 다시 그 자리를 채우고 있다던데요."

"전부?"

"전부는 아니고, 제가 듣기론 열다섯 명쯤 되요. 그런데 정부의 감시를 받고 있는 그 열다섯 교도들이 얼마나 하소연을 했겠어요. 어쨌든 이 명석한 두뇌로 직관력을 발휘했죠! 정부의 감시를 받고 있는 그 열다섯 명은 모두 어떻게든 사브리나 밀러(Sabrina Miller)와 연결이 되어 있었고."

"있었고?"

"에에? 알렉스가 말씀 안 드렸어요?"

팀은 곤란한 듯이 내 눈을 피했다.

"그러니까 그게……."

내가 아무 말 없이 가만히 바라보고만 있자, 팀은 도둑질하다 들킨 아이처럼 우물쭈물 거리면서 쉽게 말을 잇지 못했다.

"무슨 일이 있었는지 알겠다. 알렉스에게 연락을 취한 게 며칠 전이지?"

"오 일 전입니다. 사부."

팀은 고개를 숙인 채로 대답했다.

"마침 알렉스가 섬 밖에 있을 때였군. 너는 알렉스와 함께했나?"

"아닙니다. 사부. 알렉스는 배교도 처단은 자신의 직무라고 말하면서, 저에게는 사부가 맡긴 일에 열중하라 하였습니다."

사브리나 밀러는 금발이 잘 어울리는 유명 할리우드 스타였다. 로맨스 코메디 장르에서 많은 활약을 하였다가 최근에만 뜸하였을 뿐, 영화 시장에서는 여전히 인지도가 높은 배우였다.

그녀와의 첫 만남은 집회에서였다. 팀의 소개로 본교에 입교한 그녀는 영화 속 모습처럼 긍정적인 분위기의 소유자라 첫 인상을 좋게 기억하고 있다. 영아와 둘이서 영화관으로 보러간, 몇 안 되는 영화의 주연 중 하나였다.

그런 그녀가 죽었다. 죽임을 당했다. 아니, 처벌을 받았다.

"제가 실수를 했나요?"

"아니. 잘 처리했다."

팀은 입을 쩍 벌리며 하, 하고 안도의 한숨을 보란 듯이 내쉬었다. 그리고는 씩 웃는다.

나는 알렉스에게 장로 위(位)를 맡길 때, 그에게 본교의 어두운 부분을 담당하게 했다. 배교도 처단은 엄연히 그의 직무이고 당연히 해야 할 일이다.

다만 그녀가 진짜 배교도가 맞는지 제대로 된 확인 과정을 거쳤느냐, 하는 문제가 있다. 이 부분에 대해선 알렉스에게 따로 물어보기로 하고.

"그런데 신문이나 방송이나 어디 한 군데 다루질 않더라고요. 아! 마침 저기 오네요."

나는 팀이 바라보고 있는 해안을 향해 몸을 돌렸다. 알렉스가 용병들과 함께 보트에서 내리고 있었다. 그런데 어쩐 일인지 그들의 분위기가 심각했다. 팀도 나와 같은 걸 느꼈는지, 의뭉스런 얼굴로 그쪽을 빤히 바라보기 시작했다.

알렉스가 이쪽으로 뚜벅뚜벅 걸어왔다. 발에 채인 모래가 바람에 실려 안개처럼 나부꼈다. 알렉스는 내 앞에서 더 진중한 얼굴로 변해 있었다. 며칠 만에 본 팀이 있어도, 그에게 눈길 하나 주지 않고 내게 다가와 이렇게 말했다.

"분위기가 이상하군?"

"예. 많이들 놀랐습니다. 전장 경험이 많은 용병들이라고 해도, 니미츠급 항모에 직접 타본 사람은 한 명뿐이더군요. 다들 예측은 하고 있었겠지만 그 많은 군수물자들을 직접 확인하고 나니 이상한 기분이 드는 모양입니다. 일단은 격납고와 탄약고 안의 무기와 탄약들을 기재해 놓았습니다. 그 외에 항모 전체 수색도 마쳤습니다. 남은 수병은 없었습니다."

"항모에 갔다 온 거야?"

팀이 강한 호기심을 드러내며 끼어들었다. 알렉스는 귀찮다는 듯이 짧게 그렇다고만 대답했다.

"항모에 적재품이 워낙 많아, 그 목록을 작성하는데 시일이 오래 걸릴 것 같습니다. 제자 생각에는 스승님께서 승선하셔서 안에 든 것들을 한 번 보셨으면 합니다. 특히 격납고와 탄약고는……."

"수고했다. 그런데 '그것'은 있었나?"

"찾지 못했습니다."

"그렇군. 설사 있더라도 금방 찾을 수 있는 곳에 두지는 않았겠지."

"예."

"그것이 뭔데?"

팀이 물었다.

"핵폭탄."

알렉스의 소리 죽인 짧은 대답에 팀이 에에엑?, 하면서 항모를 향해 삿대질 했다.

"저기에 그, 그게 있다고?"

"통상적으로는."

"해가 지기 전에 둘러보는 게 좋겠군. 피곤하지 않으면 안내를 부탁할까?

"예. 스승님."

나와 알렉스는 함께 보트로 발걸음을 옮겼고, 팀은 멍하니 항공모함을 바라보고 있다가 뒤늦게 따라붙었다.

"팀에게 듣기론 네가 섬에 나가 있었을 때, 일이 있었다던데?"

보트에 올라타 물었다.

"예. 스승님."

알렉스는 표정 하나 변한 것 없이 그렇게 대답하며 운전석에 자리했다.

처음에는 왜 보고를 하지 않았나, 하고 약간의 추궁을 하려고 했다. 그러나 알렉스의 변함없는 표정에서 나는 그 마음을 지웠다.

본교의 모든 일을 나 혼자 도맡아 할 수 없는 법, 그리고 알렉스가 맡은 직무의 중요성은 하루가 다르게 커져가고 있다. 본교의 어두운 부분에 대해선 그에게 전권을 준 만큼 그를 믿고 힘을 실어줄 때다.

"잘 처리한 것 같았다. 다만, 그녀가 배교도란 증거는 확보했었나?"

보트에 올라타 물었다.

"예. 스승님. 정부 측 요원과 접선하던 모습을 직접 목격했습니다. 때가 때이니만큼 즉결처분을 할 수 밖에 없었습니다. 그래서 본교를 배반한 이유는 파악하지 못했습니다. 하지만 다음에 이런 일이 또다시 생긴다면, 그때는 그 이유를 꼭 알아내도록 하겠습니다."

"그래. 그리고 그때는 검(劍:팀의 호칭)이 아니라 네게서 먼저 듣고 싶군."

"예. 스승님."

항공모함 가까이 보트를 댄 우리는 주변의 눈치를 볼 것 없던 탓에 그대로 갑판 위로 뛰어올랐다. 한 번에 갑판 위에 착지한 나와는 달리, 팀과 알렉스는 원숭이가 재주를 넘듯이 외벽, 닻, 사다리 등의 구조물들을 지반 삼아 올라왔다.

전폭기가 있어야 할 갑판 위는 휑하기 그지없었다. 지난번에 내가 갑판 위에 있던 전폭기를 모두 바다에 버렸기 때문이었고, 그때 남은 진한 스크래치 형상은 쉽게 발견할 수 있었다.

"히야!"

팀이 양팔을 활짝 피며 감탄사를 터트렸다.

"이쪽입니다."

알렉스는 벌써 갑판 좌측 끝에 가 있었다.

"사부! 여길 보세요!"

먼저 그쪽으로 뛰어간 팀이 내게 소리쳤다. 그리고는 나를 재촉했다.

"격납고에 있는 함재기들을 올리는 엘리베이터라고 합니다."

알렉스가 말했다.

갑판 좌측 끝에 위치한 엘리베이터 위에는 과연, 팀이 흥분할 만 한 물건이 있었다. 격납고에서 엘리베이터로는 옮겼으나 미처 갑판으로는 올리지 못한 전투기 두 대가 거기에 있었다.

엘리베이터는 우리보다 아래인, 격납고 층에 위치해 있었다. 팀이 씨익 웃어 보이며 엘리베이터 위로 뛰어내렸고 알렉스와 나도 동시에 몸을 날렸다.

그 위에 착지하고 나자 격납고 외부와 연결되어 있는 엘리베이터 위치의 특성상, 거대한 격납고 안이 훤히 보였다.

팀은 귀신에 홀린 사람처럼 격납고 안으로 걸어 들어가기 시작했다. 불현듯 갑자기 그가 우리 쪽으로 몸을 돌렸다.

"이걸 다 놓고 꽁무니 빠지게 도망쳤다고요?"

전장(全長)만 332m, 즉 갑판은 어지간한 메이저급 축구장보다 크다.

그래서 격납고의 크기도 얼추 예측할 수 있었는데 직접 확인하고 나니, 상상 이상이었다. 격납고는 어림잡아도 갑판 크기의 2/3 에 육박했고, 높이도 아파트 이삼 층 높이 만큼 높았다.

그렇게 거대한 격납고 안을 온갖 함재기들이 채우고 있었던 것이다.

"슈퍼 호넷 38기, 프라울러 전자 전투기 4기, E—2C 호크아이 조기경보기 3기, SH—60 씨호크 대잠헬기 5기, C2—그레이하운드 항모용수송기 2기입니다."

알렉스가 내 옆에 붙어 조사 목록을 읽었다.

"어때 보이냐?"

어느새 전투기 조종석에 올라탄 팀은 어디서 구했는지 모를 공군 선글라스까지 쓰고 있었다.

"왜 이렇게 애처럼 굴어?"

팀은 언제나처럼 알렉스의 짜증을 대수롭게 넘기며 조종석에서 뛰어내렸다.

팀의 다음 목적물은 미사일이 올려져 있는 리프트들이 었다.

그러한 리프트들이 사방에 스무 개 이상 위치해 있었는데, 원래는 전투기에 장착하던 중이었던 것으로 보인다. 하지만 긴급 철수 명령이 떨어졌고 그래서 하던 일이 중지된 것이다.

"와 하 하 핫. '네 엉 덩 이 로. 사 담 후 세 인(Saddam

Hussein)'? 이 낙서 좀 봐!"

팀이 누군가가 미사일에 장난쳐 놓은 낙서를 가리키며 크게 웃었다.

"너처럼 얼빠진 놈이 또 있었군."

그걸 보며 알렉스가 입술을 실룩였다.

"또 그러네. 넌 이것들을 보고도 기분이 안 좋냐? 스승님!"

내가 팀을 바라보자.

"이게 다 본교 것이란 말이죠?"

팀은 온 세상을 다 가진 듯한 얼굴로 외쳤다.

제7장

탄약고 아래

　두 사람이 간신히 지나갈만한 좁은 통로가 미로처럼 펼쳐져 있다. 한 번 와 본 것 가지고는 목적지를 제대로 찾을 수 없을 만큼, 선내는 크고 복잡했다.

　이따금 붙어 있는 구획 지도가 없었더라면 알렉스도 길을 잃었을 것이다.

　격납고에서 탄약고로 향하는 길에 장병들이 쓰는 체육관과 도서관 그리고 컴퓨터실을 지나쳤다. 선내에서 쉽게 찾아볼 수 있는 것은 아무래도 육천 명이나 되는 선원들의 숙소, 즉 그들의 3층 침대였다.

　"라피엣을 통째로 가져다 놓은 것 같아."

팀이 그렇게 말할 때 우리는 저온 저장실을 지나치고 있었다.

저장실에 얼마나 많은 식자재가 들어있나 궁금해서 열어보니, 진공 포장된 고기와 계란 등으로 가득 찬 상자들이 빼곡히 쌓여 있었다.

"이것 봐. 라피엣에 있는 소들을 다 도축해도 이만큼 안 될 거야. 그러니까 여긴 라피엣을 통째로 바다 위에 띄워 놓은 셈이라고."

팀이 들뜬 목소리로 말했다.

팀이 계속 언급하고 있는 라피엣은 루이지애나주에 있는 시골 마을로, 그의 고향으로 기억하고 있다.

"이런 저온 저장실은 6개, 건조 보관실은 11개가 있습니다. 모든 저장실에 이렇게 식자재가 가득 차 있으며, 식자재를 보충한지 며칠 되지 않아 모두 신선했습니다."

"선내를 잘 찾아보면 적재품 목록과 양을 기록한 자료가 있을 거다. 일일이 다 조사하려면 한 달이 걸려도 모자라겠어."

격납고, 탄약고, 무기고 그리고 저온 저장실과 건조 보관실.

항모에는 이 외에도 장병 육천여 명이 생활하는데 필요한 모든 시설이 구비되어 있다. 이를테면 30여개의 의무실과 3개의 수술실이 그것인데, 그곳에 있을 의약품과 의료 도구 및 장비들의 목록을 완성하는 데만도 상당한 노력이 필요할 것이다.

"예. 스승님."

우리는 냉장실에서 나와 목적지인 탄약고로 향했다.

어디를 가도 케이블이 천장을 따라 이어져 있었고, 투박한 방화골조들이 벽을 이루고 있었다.

통로와 통로를 이어주는 원형 방수식 출입구는 통로 크기보다도 작아서 발을 높게 들고 고개를 살짝 숙이며 지나쳐야 했다.

곳곳에 남아있는 장병들의 흔적들을 배경삼아 걷길 십여 분가량, 우리는 탄약고에 도착했다. 사실 이렇게 돌아가지 않아도 격납고는 탄약고 바로 아래층에 위치해 있어서 직통으로 통하는 엘리베이터가 있었지만, 보안 절차에 따라 잠겨 있었다.

탄약고에 도착한 팀은 격납고에서와 똑같이 떠들썩하게 돌아다녔다.

그는 나무 상자를 일일이 열어 내용물을 확인하기 시작했다. 어떤 상자 안에는 전투기용 투하 폭탄이, 어떤 상자 안에는 총탄들로 채워져 있었다. 전투기용 미사일들은 벽면에 질서 있게 쌓여 있었는데 그 양은 전투기 80대 분량을 훌쩍 넘어보였다.

무기고는 탄약고 바로 옆에 붙어 있었다. 돌격 소총은 물론이고 기관단총과 저격총 그리고 권총과 방탄복 등, 6000명에 가까운 장병들을 모두 무장시킬 수 있는 충분한 양의 다양한 화기와 방어 장비들이 그 곳에 있었다.

즉, 군인만 있다면 언제든지 전쟁을 할 수 있는 군수물자를 보유하게 된 것이다.

이것이 복이 될지 화가 될지는 두고 볼 일이겠지…….

"검. 권. 우리는 탄약고를 다시 수색한다. 우리가 찾는 것은 전술핵이다. 미사일 형태일수도 있고 투하 폭탄 형태일수도 있다. 어쩌면 이것들 중에 하나일지도 모르지."

탄약고로 돌아온 나는 미사일과 나무 상자들을 가리키며 말했다.

그렇게 우리는 미 정부에서 숨겼을 전술핵을 찾는데 시간을 들였다.

"여기에 있는 놈들은 어지간히 심심했나봐. 미사일에 낙서들만 가득하네."

"그냥 지나치지 말고 자세히 봐. 낙서를 가장해 표시를 해둔 것일지도 모른다."

"보고는 있는데……. 다들 이런 것들뿐이라고. 빈라덴은 이해하겠는데, 사담 후세인 욕은 왜 이리 적어 놓은 거야."

팀이 질리다는 듯이 고개를 갸웃거렸다. 한참 뒤에서야 그는 이 항모가 '이라크해방작전'이라고 부르는 미 정부의 제국주의적 전쟁에 쓰였다는 것을 눈치챘다.

탄약고에 가득 찬 미사일과 나무 상자들을 일일이 확인하기엔 우리 셋 가지고는 턱없이 모자랐다. 그렇다고 섬에서 사람들을 더 데려오기에도 탄약고 안에 전술핵이 있을 거라는 확신이 없었다.

"어쩌면 항모가 아니라, 보급선에 보관하고 있었는지도 모르겠습니다."

나무 상자를 한참이나 뒤적거리던 알렉스가 허리를 피면서 말했다.

"그럴지도 모르지. 이만하면 됐다. 여기에 있어도 이런 식으론 찾을 수 없을 것 같군."

나는 그렇게 말하며 미사일 위에 앉았다. 팀과 알렉스도 내 맞은편에 있던 미사일에 올라타서 나를 응시했다.

"신문들은 보았나?"

"오늘 자 신문은 아직 보지 못했습니다."

"LA 타임즈에 실렸던 인터뷰가 바람을 일으키고 있다. 언제 태풍으로 변할지 모르겠군."

LA 타임즈에 본교를 다룬 인터뷰가 실린 지난 이틀간

몇 가지 일이 동시다발적으로 일어났다. 예상대로 LA타임즈는 FBI의 대대적인 조사를 받게 되었다.

그리고 이번 전투에서 희생된 유족들을 중심으로 한 진실 규명 시위가 워싱턴에서 크게 진행되고 있으며, 이곳 캘리포니아주에서도 302 내부령에 통제되고 있는 군인들의 인권 문제를 두고 여러 인권 보호 단체가 정부 규탄 성명을 내고 있는 중이다.

상황이 이렇게 되자, 뉴욕 타임즈와 워싱턴 포스트지는 물론이고 수많은 일간지들이 '그날'과 '섬'에 대해서 서로 경쟁하듯 다루기 시작했다. LA 타임즈의 인터뷰에 응했던 장병과 같은 내부 고발자들이 등장하는 것은 당연한 수순이었다.

"연방 법원 판사가 미 대통령의 금지 명령을 어제 밤, 긴급 승인 했다.

"금지 명령?"

"언론이 합동훈련과 본교에 대한 정보를 공개하지 못하도록 한 것이지. 이게 무슨 뜻인지 아나?"

"정부가 언론을 탄압하기 시작한 거죠. 본교가 결코 공개 되어선 안 되니."

팀이 대답했다.

그러나 그 뒤를 알렉스가 정확한 정답을 말했다.

"언론사들이 그날 전투에 대한 중요한 정보를 입수한 것 같습니다. 이전에는 증거 없는 인터뷰에 중심을 두었다면, 이제는 그날 훈련이 사실 훈련이 아니고 전투였다는 명백한 증거로 기사를 실을 예정인 것 같습니다."

"맞다."

내가 기억하기론 닉슨(Nixon:미국 37대 대통령)도 이와 같은 일을 했었다. 베트남 전쟁이 사실상 '침략 전쟁'이라는 증거가 담긴 국방부 문서를 입수했었고, 그때 닉슨은 금지 명령을 발동시켰다.

하지만 시민들의 강력한 발발로 며칠 후에 대법원에서는 그 금지 명령을 해제할 수밖에 없었다.

이번에도 같은 수순으로 흘러갈 거다. 시민들의 시위는 더욱 거세질 거고, 신문들은 그들이 입수한 명백한 증거들을 싣기 시작한다.

본교가 대중들에게 노출되는 건 이제 시간문제가 되었다.

그게 한 달이 될지 일 년이 될지는 모르겠지만.

"금지 명령이 해제되는 대로 본교는 대중들에게 알려진다. 하지만 아직 본교는 대중들에게 나갈 준비가 되지 않았지. 계속 섬에 머물러 있을 수는 없고, 우리는 떠나야 한다. 이 항공모함이 제격이지. 그런데 여기에 문제가 있지."

"군인이 없어요. 사부."

"현재, 본교는 항모를 운용할 능력이 없습니다."

팀과 알렉스가 차례대로 대답했다.

항모는 팀이 그의 고향을 빗대어 말했듯이 작은 도시를 바다 위에 띄워 놓은 셈이다. 도시를 관리하는 데에도 많은 돈이 든다. 항모 또한 그렇다.

항모 원자로는 25년을 우라늄 보충 없이 가동할 수 있다지만, 운용 및 유지 보수를 위해선 많은 인력과 돈이 필요하다.

자금적인 부분에 대해선 내게 몇 가지 생각이 있다.

"맞다. 본교에는 항모를 운용할 능력 즉, 사람과 자금이 필요하지. 자금은 격납고에 들어있는 전투기를 처분하면 된다만."

슈퍼 호넷 한 대당 약 오천만 달러.

격납고의 슈퍼 호넷 38대를 미 정부나 제 삼국 혹은 무기상에게 판다면 19억 달러.

한화로는 약 2조원이다.

이 거대한 함선의 유지비가 얼마나 나갈지는 자세히 모르나 2조원이라면 적지 않다고 생각한다. 2조원으로도 부족하다면 신용운 회장, 이제는 신용운 장로가 된 그의 재산을 이용할 수도 있다.

"전투기를요? 전투기가 없는 항공모함은……."

역시나 팀이 바로 반문했다.

"우리에게 필요한 것은 항공모함이 아니라 언제든 이동할 수 있는 '바다 위의 도시'다. 그러니 전투기는 필요가 없지."

담담한 표정의 알렉스와는 달리 팀은 입맛을 쩝, 하고 다셨다.

나는 웃으며 말했다.

"이 거대한 함선은 전투기들을 운용하는 데에 모든 게 맞춰져 있지. 보관하고 정비하고, 미사일과 폭탄을 싣고, 기름을 채우고. 그리고 이륙과 착륙을 시키기 위해 수천 명의 장병들이 여기에 있었다. 하지만 전투기를 쓰지 않으면?"

"함선을 유지할 수 있는 최소의 인원만 있으면 됩니다."

"우리의 이 거대한 함선은 고장 나지 않고 움직이기만 하면 된다. 하지만 전투기를 쓰고자 한다면 말은 달라지지. 미 해군이 그랬듯 수백 기의 전투기를 위해 수천 명의 숙달된 군인을 상주시켜야겠지."

무엇보다 항공모함 이착륙 훈련을 받은 정예 파일럿을 어디서 구할 수 있겠는가.

"무슨 말씀인지 알겠습니다. 사부. 하지만 그럼 여긴 어떻게 방어하죠?"

"전투기 외에도 항모가 지닌 자체 방어 시스템이 상당해. 그걸 쓸 사람만 구하면 된다."

알렉스가 날 대신해서 대답했다. 그리고는 한숨을 푹 쉬며 고개를 저었다.

항모 운용 계획은 분명하다. 무기가 아니라, 본교의 본거지로서 거주와 방어가 최우선 목적인 것이다.

"해서 너희 둘은 제라드 로어가 낫는 대로, 이 배를 움직일 사람들을 채우는데 집중해야 할 것이다."

"예. 사부!"

"예. 스승님."

그때였다.

뭐지?

조금 전까지만 해도 없던 심상치 않은 기운이 갑자기 탄약고 구석에서 번쩍였다. 미사일로 쌓아 놓은 탑 뒤에서 느껴지고 있는 그 기운은 무척 음산해서 순간적으로 등골이 오싹해지는 느낌을 받았다.

그럴 리가 없는데, 나는 그렇게 생각하면서 기운이 있는 미사일 탑 뒤로 몸을 날렸다.

내게 이런 기분을 선사할 수 있는 존재는 이 세상에 오로지 하나뿐이다.

"어떻게?"

내 입에서 그 말이 바로 튀어나왔다.

아니나 다를까. 인간형으로 나타난 흑천마검이 쭈그린 채로 앉아 있었다.

얼굴 앞으로 늘어뜨린 기다란 흑발 때문에 놈의 표정을 볼 수는 없었지만 무슨 얼굴을 하고 있는지는 안 봐도 알 것 같았다.

—크크크

기분 나쁜 웃음소리로 말이다.

"스승님?"

"사부?"

알렉스와 팀이 갑작스럽게 자리를 박찬 나를 쫓아왔다. 둘은 내 시선은 어깨너머에 있는 흑천마검을 향해 있었다.

그러나 둘이 보는 흑천마검은 새하얀 얼굴에 긴 흑발을 늘어트린 귀신같은 모습이 아니라, 언제나 서재 벽면에 걸려 있던 검의 모습인 것 같다.

"사부의 검이 왜 거기에 꽂혀 있는 거죠?"

팀이 물었다.

"둘은 그만 섬으로 돌아가 있거라."

내가 굳어진 표정으로 말하자, 눈치 없는 팀도 평소와 다른 무언가를 느꼈는지 곧장 알렉스와 함께 탄약고에서 나갔다.

나는 탄약고 바닥을 긴 손톱으로 꾹꾹 찌르고 있는 흑천마검을 내려다봤다. 녀석은 날 의식하지 않고 그 행동을 계속하다가, 어느 순간 갑자기 고개를 돌렸다.

휙!

기분 나쁜 빛으로 번질거리는 눈동자가 나를 바라보며 웃는다.

"어떻게 여기에 있을 수 있지?"

녀석은 그저 히죽거리는 것으로만 대답을 대신했다.

젠장.

예전처럼 검집을 깨트린 것인가?

—이제 이 몸을 봉(封) 할 수 있는 건 없다. 크크큭.

녀석의 웃음소리에 소름이 확 끼쳤다. 숙면에서 깬 녀석은 더 강해져 있었다.

*　　*　　*

불길한 기분은 항상 있었다.

기적의 밤에 흡수한 핵에너지 대부분이 흑천마검에게 흘러갔다.

그 에너지로 인해서 무언가 일이 일어날 거라고는 생각

했었지만, 이렇게 빨리 이런 식으로 마주하게 될 줄은 예상치 못했다.

—그렇게 불쌍한 표정을 지을 필요는 없어. 애송이. 이 몸은 여길 떠날 생각이 거의 없거든. 평소와 달라지는 건 없을 거다.

"봉인이 완전히 풀린 건 아니군."

봉인이 풀렸다면 녀석이 여기에 있을 이유는 없다.

지금 녀석은 불완전한 존재다. 무슨 이유에서인지 모르겠지만, 완전했던 그 존재는 흑천마검과 백운신검 둘로 쪼개졌다.

그때부터 녀석은 항상 갈증을 느껴왔다.

그래서 저쪽 세상에서는 영물을 탐했고 이쪽 세상에서는 핵에너지를 갈구한다. 합일체 때 알게 된 것인데 녀석이 이 갈증을 없애는 방법은 하나다.

바로 백운신검과 하나가 되는 방법을 찾아 완전한 그때로 돌아가는 것.

봉인이 풀렸다는 녀석의 말이 사실이라면, 녀석은 백운신검을 쫓거나 핵 발전 시설을 습격하고 있어야 하는 게 맞다.

하지만 백운신검은 내가 저쪽 세상에 봉인한 채로 두고 왔으니 녀석은 지금 여기서 한가로이 나랑 잡담을 나눌게 아니라 핵 발전 시설에 있어야 했다.

피식.

나는 입꼬리를 말아 올렸다.

—처음 만났을 때 애송이 네 놈은 참 순진했었는데 말이야.

"그러기엔 우리가 함께한 세월이 적지 않았지. 축하한다고 해야 하나? 핵에너지 덕분에 운신(運身)이 가능해진 모양이지만……. 그게 다. 네 녀석은 여전히 내게 속박되어 있다. 행동에도 제약이 있고. 그래도 귀찮게 되었어. 마음대로 움직일 수 있게 되다니."

—크크크……

얼굴을 가린 검은 머리칼 사이로 음산한 웃음소리가 흘러나왔다.

녀석의 운신이 자유로웠다는 것은 녀석을 봉인하고 있던 검집이 힘을 잃었음을 뜻했다. 이전에도 이런 적이 있었다.

그때는 검집이 거미줄과 같은 금이 가 완전히 망가져있었다. 다행히 복구할 수 있었지만, 어쩐지 이번에는 놈의 자신만만한 태도에서 재복구가 어렵다는 걸 직감했다.

"검집을 부셨나?"

—건방진 녀석이었거든. 한 번에 삼켜버리려다, 천천히

며칠에 걸쳐서 조금씩 먹어 치웠지. 고통스럽게 말이야.
제발 삼켜 달라고 애원할 때까지. 키킥.

"그걸 자랑하러 온 것은 아닐 테고. 원하는 게 뭐지?

—애송이. 우리 사이에 꼭 원하는 게 있어야만 하는가?

"농담은 그만. 네 녀석 행동이야 너무도 뻔하잖아. 목적
이나 말해."

—목……적?

쉬익.

약한 바람이 불었다.

살랑거리며 살짝 걷어진 녀석의 머리칼 사이로 시뻘건
눈동자가 나타났다. 거기에서 번질거리고 있는 기운은 살
의(殺意) 같기도 하고 호기심 같기도 했다.

젠장.

그 시선은 영락없이, 토끼를 향한 배부른 짐승의 것이
다.

쿵. 쾅. 쿵. 쾅.

이런 기분은 실로 오래간만이었다.

인정하고 싶지 않지만 나도 모르는 사이에 위축되어 있
었다.

내가 무슨 표정을 짓고 있는지는 모르겠으나, 내 얼굴을
빤히 바라보고 있던 녀석이 비로소 킥킥거리면서 기운을

풀었다. 내 표정과 반응에 만족한 것이다.

나는 안도하면서도 동시에 물밀듯이 올라오는 패배감에 얼굴이 화끈 달아올랐다.

―여기 말이야. 여기.

녀석으로 말하자면 반신(半身).

놈에게 위축 든 것을 부끄러워 할 필요가 없다, 라고 생각하면서 녀석이 가리킨 곳을 바라보았다.

녀석은 긴 손톱으로 강철 바닥을 쿡쿡 찌르고 있었다.

―또 거래를 할까? 이 밑에 있는 걸 이 몸에게 주면, 네 놈이 알고 싶어 할 것을 알려 주지.

그 밑에 있는 것?

내가 알고 싶어 할 것?

나는 대답하지 않았다. 대신 놈이 찌르고 있는 바닥까지 걸어가면서 양손에 내력을 끌어 올렸다. 십이양공 십성의 공력으로 휘감긴 두 손바닥에서 열화와 같은 기운이 아지랑이처럼 피어오르기 시작했다.

푹.

손을 철조(鐵爪)의 형태로 하고 강철 바닥에 집어넣었다. 손이 쑥 들어가면서 바닥 아래 큰 빈공간이 있음을 느꼈다.

그대로 강철 바닥을 통째로 뜯어버리자 감춰져 있던 계

단이 드러났다.

강철 바닥 아래 숨겨져 있던 공간의 외벽은 모두 납으로 되어 있었다.

"핵폭탄을 여기에 숨겨 놓았군."

계단을 밟았다.

20평 남짓 된 공간에 미사일 여섯 개가 있었다.

탄약고에 탑처럼 쌓아뒀던 미사일들과는 보관 방식이 달랐다. 각각 개별 보관 장치에 외부의 충격과 움직임에 영향이 없게끔 되어 있다.

누가 보더라도 그 여섯 개의 미사일은 핵폭탄이다. 미사일들은 굳이 무기 전문가가 와서 설명하지 않더라도, 한눈에 알 수 있을 만큼 신주단지 모시듯 놓여 있었다.

―이 몸이 찾아낸 것이다.

어느새 내 바로 뒤까지 따라붙은 흑천마검이 귓가에 대고 속삭였다.

확, 소름이 끼쳤다.

"어차피 찾게 될 것이었어."

나는 얼굴을 구겼다.

다시 탄약고로 올라왔다.

"거래 조건이 이 핵폭탄 여섯 개와 내가 알고 싶어 하는 것 이라고?"

―네 놈이 알고 싶어 할 것이지.

"정말 궁금한데? 궁금해서 미치겠군. 대체 내가 알고 싶어 할 것이 뭘까. 그게 무엇이기에 핵폭탄 여섯 개와 바꿔야 하는 거지? 크크큭."

이 녀석과 적지 않은 시간을 함께해서 그런지, 내 웃음소리마저 녀석과 닮아 가는 것 같다.

"이제 인정하지 않을 수가 없겠어. 네 녀석의 핵 욕심 말이야. 상상도 못했지. 그런데 말이지. 이 세상에서는 말이야. 천만금이 있다 하더라도 마음대로 구하지 못하는 게 이 핵폭탄이다. 그런데 단지 '내가 알고 싶어 할 것'이라는 뭔지 모를 정보 때문에 이것들을 모두 네 녀석에게 줄 거라 생각하는 거냐? 어리석어."

―어리석은 건 애송이 네놈일 텐데. 그게 무엇인지 모르잖은가?

녀석은 기분 나쁜 눈웃음을 지었다.

녀석에게는 내가 거래에 응할 수밖에 없는 무언가가 있거나, 아니면 순전히 이 상황이 재미있거나, 그것도 아니라면 새로운 핵을 찾아내서 그냥 즐거운 것이다.

"원하는 게 있어도 나를 통해야만 가능하다니, 네 녀석 신세도 참 딱하군. 대체 내가 알고 싶어 하는 게 뭔데?

―억겁의 시간. 한 번쯤 이런 것도 나름대로 신선해.

녀석은 내 도발을 아무렇지 않게 넘기고선 쩝쩝거리며 입맛을 다셨다.

녀석의 핵에 대한 갈구는 녀석 스스로 만큼이나 잘 알고 있다. 합일의 순간 나는 녀석이었고 녀석은 나였기 때문이다.

그렇게 핵을 갈구하는 녀석이지만 녀석에게는 이상하리만큼 여유가 넘쳤다. 저 핵폭탄을 취하지 못하더라도 아쉬울 게 하나 없는 것처럼 행동하고 있었다.

"힌트라도 줘봐."

—힌트라……

녀석은 이제 힌트 따위의 단어 정도는 쉽게 알아듣는다.

컬럼비아대를 다니던 할렘가 시절, 집 거실은 낮이고 밤이고 항상 텔레비전이 꺼지질 않았다. 밤이 되어도 거실에선 언제나 텔레비전 불빛이 새어 나왔다.

항상 텔레비전을 보고 있던 녀석의 옆모습이 떠올랐다.

정말 어쩌면, 녀석은 이 세상의 중요 언어들을 전부 할 수 있을 지도 모른다는 생각이 들었다.

"그냥 내가 알고 싶어 할 것, 이라고만 하면 거래에 응할 리가 없잖아. 거래 조건이 핵폭탄이라고. 크큭."

—즐겁나?

"모처럼?"

—그럼 계속 웃거라. 애송이. 네 놈이 즐겁다니 나도 즐겁군.

뭐지?

녀석의 반응은 나를 자꾸만 불안하게 만든다.

"잡설은 그만 하고. 힌트는 없어?"

—**쨱각쨱각.**

흑천마검은 힌트라고 그렇게 짧게 중얼거린 후 활짝 웃었다. 그 옛날 '빨간 마스크'를 연상 시킬 만큼 괴기하고 공포스런 웃음임에는 틀림없다.

녀석은 진정으로 즐거워하고 있는 중이다. 대체 그것이 무엇이 길래…….

"힌트가 쨱각쨱각?"

—**쨱각쨱각.**

"무슨 힌트가…….'

아!

불현듯 떠오른 이미지에 바로 입을 다물었다. 며칠 전에 꿨던 악몽이었다.

"쨱각쨱각……."

시계 소리. 그날의 악몽에서 옥제황월이 중얼거렸던 소리가 바로 이 소리였다. 옥제황월의 입에서 흘러나온 소리와 지금 힌트랍시고 낄낄거리며 중얼거린 흑천마검의 소리가 영락없이 똑같았다.

흑천마검이 지금 하는 제안은 그저 단순히 해프닝으로 넘길 만한 일이 아니다. 그런 직감을 받았다.

내 얼굴에서 웃음기가 사라지고 전체가 딱딱하게 굳었다.

"핵폭탄을 주면 넌 이걸로 무엇을 할 거지?"

―먹겠지.

"핵을 취하면 취할수록 넌 더 강해질 테고? 이런 식이라면 언젠가는 속박에서 벗어날 수 있다는, 그런 것인가?

―애송아. 네 놈이 걱정할 건 그게 아닐 텐데.

그날 그 악몽을 꾸지 않았더라면 나는 흑천마검의 이 제안을 웃어넘겼을 것이다. 항상 꺼림칙하기야 했겠지만 무턱대고 핵폭탄을 넘겨주는 우(愚)를 범하진 않았을 거란 말이다.

하지만 내 직감은 이 제안을 받아들여야 한다고 말하고 있다.

"좋아. 거래에 응하지. '내가 알고 싶어 할 것'이란 게 대체 뭐지?"

무엇이 나를 위태롭게 만들 것인가?

흑천마검은 내가 거래에 응하지 않기를 내심 바랐다는 듯이 실망한 표정을 지었다. 하지만 그것도 잠시, 녀석은 즐거운 눈빛을 띄웠다.

그 눈빛은 악의(惡意)라기 보단 순전히 호기심에 가까웠다. 마치 날개를 다 떼어낸 잠자리를 바라보는 어린아이와도 같이.

—그건 말이야. 크크크……

흑천마검이 손가락을 까닥였다. 가까이 가져간 내 귓가로 놈의 차가운 숨결이 먼저 느껴졌다.

그 불쾌한 것이 귓속을 긁는 순간, 내 얼굴이 자연스럽게 구겨진다.

—움직이고 있어.

"움직이다니 뭐가?

—중원(中元).

녀석이 히죽거리며 내 표정을 살폈다.

*   *   *

"중원이 움직여? 대체 무슨 소리를 하는 거냐?"

아!

"설마……"

나는 반문하자마자 스스로 깨달았다.

그럴 리가 없는데. 지금껏 그런 적은 없다. 저쪽 세상에서 이쪽 세상으로 오면 저쪽 세상의 시간은 멈춘다. 즉, 내가 이쪽 세상에 있는 동안 중원이 움직인 적은 없었다.

"저쪽 세상의 시간이 흘러가고 있다는 말은……. 아니겠지?"

—Right answer(정답)!

심지어 녀석은 OK 제스처를 취하기까지 했다. 그런 다음 내가 어떤 반응을 보일지 기대에 찬 눈빛을 하면서 나를 빤히 바라본다.

"언제. 언제부터?"

—크크크크…….

녀석은 나를 놀리는 데에 재미를 붙인 듯 대답할 생각이 없어 보였다.

나는 녀석의 팔을 향해 손을 뻗었다. 녀석의 말에 휘둘리기보단 당장, 녀석을 쥐고 저쪽 세상으로 가 볼 생각이었다.

하지만 녀석의 신형이 귀신처럼 뒤로 스르르 미끄러져 나와 거리를 벌렸다. 녀석이 텔레비전 드라마의 어느 주인공처럼 집게손가락을 좌우로 까닥이면서 이렇게 말했다.

—아직 속박에서 벗어나지 못했다고 해서 꼭 예전처럼 네놈 마음대로 되는 건 아니거든. 계속 건방졌다고. 애송이.

그간 녀석은 내 통제하에 있었다. 녀석은 한 번씩 기상천외한 짓을 벌이며 통제에서 벗어나려고 시도했었지만, 어떻게든 나는 녀석을 다시 제자리로 돌려놓았다.

그러나 이번에는 다르다.

그간 녀석을 통제할 수 있었던 검집을 완전히 무용지물로 만들어 버린 것 같다.

"상황이 바뀌었다는 걸 인정한다. 나는 네 녀석과 이렇게 계속 다툴 마음은 없어. 단지 저쪽 세상을 확인해 보고 싶은 것뿐이야."

나는 차분하게 말했다.

"그래도 변하지 않는 것은 있지. 네 녀석은 내가 허락해야만 배를 채울 수 있다."

―허락?

"동의. 내가 동의를 해야만 배를 채울 수 있지."

나는 말을 바꾸면서 관자놀이 쪽 힘줄이 꿈틀거리는 것을 느꼈다.

"그동안과 달라지는 건 크게 없을 거다. 나는 네 녀석이 배를 채울 수 있도록 도와주고, 너도 내가 원할 때 네 힘을 빌려주는 거지. 상생(相生)이라고 해야 하나?"

골치 아프게 됐군.

차마 입으로는 뱉지 못하고 속으로만 생각했다. 녀석을

통제할 방법은 차차 강구하겠지만 지금 당장 해야 할 일은 녀석을 달래서 저쪽 세상을 확인하는 것이다.

녀석은 그런 내 마음을 읽었다는 듯이 음흉한 미소를 짓더니, 대답 없이 등을 돌렸다.

녀석이 향한 곳은 계단 아래, 핵미사일이 있는 곳이었다. 서둘러 녀석의 곁으로 따라붙었다. 녀석은 나를 의식하지 않고선 핵미사일 탄두 앞부분을 양손으로 잡아 비스듬히 세웠다.

보아하니 배를 채우려는 모양인데, 내게는 녀석을 막을 권리가 없었다. 나는 구석으로 자리를 옮겨 팔짱을 꼈다. 녀석이 어떤 식으로 저것들을 먹어 치울지가 궁금했다.

항모에 있던 전술핵은 핵을 전투기에 장착해서 지상의 목표지에 폭격할 수 있도록, 9M 크기의 공대지 미사일에 담겨져 있었다.

드디어 녀석이 입을 벌렸다. 조금씩 벌어지기 시작한 아랫입술이 멈추지 않고 계속 벌어진다. 녀석의 아랫입술이 목 아래까지 내려오더니 급기야는 배꼽 아래, 더 내려가 무릎 아래까지 내려갔다.

괴기스러운 그 장면에 눈살이 찌푸렸다. 공포 영화의 한 장면이 따로 없었다.

녀석은 무턱대고 핵미사일을 입 안에 쑤셔 넣기 시작했

다. 녀석의 입 사이로 게걸스런 침이 흘러내리고, 9M나 되는 저 커다란 핵미사일이 거짓말처럼 녀석의 입 안으로 끝까지 들어가는 것이었다.

"하!"

이 괴기한 장면을 지켜보면서 다시 한 번 녀석이란 존재에 대해서 질색했다.

꿀꺽.

녀석의 목이 한번 크게 꿀럭였다. 녀석이 나를 향해 형용할 수 없는 이상한 웃음을 지어 보인 그때, 녀석의 배가 크게 부풀었다. 그리고 나조차도 차마 눈을 뜰 수 없을 강렬한 밝은 빛이 터져 나왔다.

아마도 녀석의 배 안에서 핵이 터진 게 아니었을까?

내력으로 눈을 씻으며 간신히 시야를 되찾았을 때, 녀석은 두 번째 핵미사일을 삼키고 있었다. 그렇게 녀석은 핵미사일 여섯 개를 모두 집어삼켰다. 문자 그대로 집어삼켰다.

"이제 만족하나?"

녀석은 행복감에 젖은 얼굴로 그렇다면서 고개를 끄덕였다.

완전히 선(善)한 존재가 된 양 녀석의 뒤편에서 후광이 비치는 것처럼 보였다.

"그럼 이제 저쪽 세상으로 가자."

─이 세상은 먹잇감이 넘쳐나는 풍족한 세상이지. 하지만 그 계집에게는 비할 바 못 되지.

"백운신검?"

─그래.

"갑자기 백운신검 얘기는 왜 꺼내지?"

─왜냐고? 크크크. 이제 우리는 그년을 사냥할 거거든.

"사냥은 무슨. 백운신검은 봉인되어 있다."

그리고 네 녀석이 백운신검을 흡수하도록 가만히 내버려둘 성 싶으냐.

─왜 중원이 움직이고 있겠어?

"……."

백운신검이 봉인에서 풀렸다?

그래서 저쪽 세상이 움직이기 시작한 거고?

백운신검이 봉인에서 풀린 것과 저쪽 세상의 시간이 흐르는 것 사이에는 대체 무슨 관계가 있는 거지? 무엇보다도 저쪽 세상은 멈춰져 있는 상태였는데 어떻게 백운신검이 봉인에서 풀릴 수가 있었지?

의문이 꼬리에 꼬리를 물었다. 흑천마검이 언제 포만감에 취해 있었냐는 양, 광기가 깃든 구슬같이 조그마한 눈동자로 나를 바라보고 있었다. 그리고 나는 녀석의 눈동자

안에서 뭔가를 느꼈다.

일순간 굳게 닫혀 있던 상자가 열쇠 하나에 덜커덩 열리는 것처럼, 나는 이 사건의 해답을 깨달았다.

백운신검 또한 흑천마검과 같은 반신(半神), 그녀는 시간이라는 개념에 얽매이지 않는 것이다.

"백운신검이 봉인에서 풀리고 움직이기 시작하면서……. 저쪽 세상도 흐르게 되었다?"

백운신검이 반신으로 잠에서 깬 것은 옥제황월이 죽은 이후 내게 오면서부터였다. 생각해보면 그때부터 나는 이쪽 세상에 있든 저쪽 세상에 있든, 차원을 넘을 때마다 마검과 신검을 같이 가지고 다녔다. 이번에는 그렇지 않았지만…….

─이제 그 계집을 사냥할 마음이 드는가 보지?

녀석이 키득거렸다.

나는 아무 말 없이 입술을 질끈 깨물었다. 녀석의 팔을 향해 손을 뻗었다. 그리고 녀석의 팔을 움켜쥐는 순간, 내 손에는 한 자루의 마검이 들려져 있었다.

단전에서 끌어 올린 내력이 혈도를 타고 올라와 손아귀로 뻗쳤다.

푸르스름한 기운이 검병을 감싸는 그 순간.

세상이 느려졌다.

쏴악!

아주 천천히 주위 배경이 변했다.

탄약고로 오르는 계단과 납 벽이 사라지고 그 자리에 어두침침한 토벽(土壁)이 생겨났다. 눈을 한 번 깜짝이고 났을 때, 나는 내가 서있는 곳이 동굴 안이라는 것을 깨달았다.

중원에서의 마지막 기억이 주마등처럼 스치고 지나갔다.

양굴(陽窟)안에서 혼심사문도들과 백운신검을 봉인한 뒤, 바로 지금 내가 서있는 바로 이 자리에서 색목도왕과 흑웅혈마와 작별 인사를 나눴다.

흑천마검의 말이 맞았다.

언제부터 인지 모르겠지만 이 세상의 시간이 흐르고 있었다. 멈춰 있던 상태였다면, 흑웅혈마와 색목도왕이 지금 내 눈앞에 있어야 했다.

"젠장……."

나는 본래 백운신검이 걸려 있던 벽으로 향해 서둘러 걸었다.

하지만 백운신검을 꽁꽁 얽매고 있었던 쇠사슬들이 종

잇조각처럼 찢겨진 채로 떨어져 있어져 있었고, 혼심사문도들의 봉인진은 간신히 그 흔적만 남아 있을 뿐이었다.

어디에도 백운신검은 없었다.

"이봐, 시간이 얼마나 흐른 거야?"

날이 시퍼렇게 선 흑천마검의 검신(檢身)에 대고 말했다.

그러나 어떤 대답도 들려오지 않았다.

"그럼 이것만 묻겠어. 저쪽 세상은 시간이 멈춘 게 맞지?"

여전히 대답이 없다.

치밀어 오르는 짜증을 짓누르고 내력을 끌어 올렸다.

타탓!

동굴 입구에 가까워지면서 불길한 느낌을 지울 수 없었다. 가까워지면 가까워질수록 연기 냄새가 짙어지고 있었다. 빠르게 동굴 밖으로 빠져나온 나는, 시야에 들어온 광경에 얼굴을 구겼다.

"대체 무슨 일이……"

양굴 입구에 맞은편 산, 그러니까 본교의 중요 건물들이 위치한 본산 전체에 산불이 일고 있었다.

중턱에 위치한 사귀사마팔단 그리고 장로들의 대전각은 물론이거니 본산 꼭대기에 위치한 지존천실까지 화염과 연기에 휩싸여 보이질 않았다. 가을 녘의 아름다운 단풍들처럼 본산 곳곳에 수를 놓고 있었던 본교의 붉은 깃발들 또한 거기에 없었다.

"크윽."

단순한 산불일 리가 없다.

본산에 상주하고 있는 고수들이 몇 명이고, 십시(十市)의 주민들이 몇 명인데!

쉬익.

건너편 본산을 향해 몸을 솟구쳤다. 비상하는 매 마냥 허공을 가로질러 지존천실 앞뜰에 착지했다. 강기로 몸을 보호해야만 할 정도로 주변은 화염의 바다였다.

교주의 대 전각이자 본교에서 가장 신성시 되는 곳, 그 지존천실이 내가 도착하는 순간 화염과 함께 무너져 내렸다.

내가 한발 내딛자 앞을 가렸던 불덩어리들이 옆으로 갈라지며 길을 내주었다. 나는 색목도왕과 흑웅혈마 그리고 그동안 잊고 있었던 시녀들의 이름을 부르짖었다.

하지만 지존천실을 세운 목재들이 지글지글 불타는 소리 밖에 들리지 않았다.

"여기에 있을 리가 없지."

교도들이 걱정됐다.

화염으로부터 본산을 지키지 못한 이유가 내가 생각하

는 이유가 아니길 기도했다.

하지만 화염을 뚫으며 내려온 본산 입구에서 삼황(三黃)이라는 깃발을 보고야 말았다. 시선 저 너머로는 운집해 있는 군막(軍幕)들이 보였다.

본교의 성지(聖地)에 적군이 진형을 펼쳤다. 그리고 본산은 지독한 화염에 휩싸여 본교의 모든 걸 불태우고 있다.

있을 수 없는 일이라고 생각했다.

내가 저쪽 세상으로 돌아가기 직전에, 본교는 이 세상을 평정했다.

정파맹 본관을 폐쇄하고 옥제황월의 악행을 적은 비문을 세워뒀으며, 천하를 둘로 나눠 서쪽을 본교의 교지로 삼았다.

그 위상이 어찌나 대단했는지 콧대 높은 황제가 본교를 교국(敎國)이라 그리고 교주인 나를 교황(敎皇)이라 칭하며 그와 동등한 위치를 인정했지 않은가?

그런데…….

"이럴 수가. 저길 보시오. 아직도 살아있는 자가 있었소!"

"정말 그러네요? 행색을 보세요. 사이한 의복에 단발(短髮)을 하고 있잖아요. 많은 마인들을 보아 왔어도 저 마인은 정말 괴상망측스럽네요. 도망치기 전에 추포할까요?"

비단 옥포를 입은 젊은 사내와 여자가 나를 바라보면서 한가로이 대화를 나누는 것이었다. 둘은 불타는 본산을 구경하고 있던 것 같았다.

"소저는 여기 있으시오. 마인의 더러운 피가 귀한 몸에 묻어선 아니 되지요."

"공자님도 참……."

내가 거리를 좁혀들어 가고 있어도 둘에게선 위기감이 전혀 없었다.

"죽이지는 말아요."

"소저의 인의(人意)에 항상 감탄하오. 저 자는 삼황파(三皇派)에 넘기고."

"그런데 저 마인의 검……. 얼핏 보아도 명검인 게 느껴지지요?"

"저 검을 소저께 바치리다."

그러자 여자는 입을 가리며 호호호, 하고 부끄럽게 웃었다.

"거기 선 요사한 마두(魔頭)! 멈춰라."

놈이 발검하면서 나를 향해 몸을 날렸다.

내가 걸음을 멈추지 않고 계속 걷자 놈은 홋, 하고 입꼬리를 말아 올렸다.

우리는 코앞까지 가까워졌다.

쉬익.

놈의 검이 한 마리의 미꾸라지처럼 빠르고 미끄럽게 변했다. 변초(變招)를 섞은 속검(速劍)이 내 목을 찌르고 들어왔다.

하지만 너무 어설퍼!

나는 가볍게 공격을 피해서 놈의 등 뒤로 돌아갔다. 그리고는 미꾸라지를 잡듯 놈의 목덜미를 한 손으로 움켜쥐었다.

"커헉!"

놈은 미꾸라지처럼 바둥거리다, 결국 검을 떨어트리면서 피를 토했다.

"본교에 무슨 일이 있었느냐."

사존(邪尊) 시절, 그때처럼.

놈의 귓가로 얼굴을 가까이 가져가 속삭이듯 말했다.

제8장

돌아온 본교(本校)

"여긴 어디냐!"

여자는 정신이 들자마자 앙칼지게 소리쳤다.

나는 여자의 아혈을 짚어 시끄러운 입을 막았다. 그런 다음 남자 쪽으로 시선을 돌렸다.

놈도 여자와 동일한 시간에 눈을 떴던 것 같다. 내가 바라보고 있는 것도 모르고 놈은 눈동자를 굴리며 양굴 입구와 주변을 쳐다보고 있었다. 사태를 파악하고 도망갈 궁리를 하고 있는 것이다.

그러다 나와 눈이 마주친 놈은 일단 공격하고 보는 것이 아니라, 나를 설득하려 했다.

본산 아래에서 나눈 일 합에 무공의 고하(高下)를 확실히 느낀 탓이다.

"소용없는 짓이야. 삼황파는 당신네들과 협상하지 않아. 당신도 알고 있잖아. 나는 지금 여기서 나갈 거야. 나가도 당신이 여기에 있다는 것을 누구에게도 발설하지 않을 테니까…… 그러니까……."

그러면서 놈은 몸을 일으키려 했다.

"앉아."

나는 공력을 담아 말했다. 순간적으로 주위 공기를 짓누른 내 공력의 무게감에, 남자는 흠칫 놀라며 나를 빤히 바라봤다.

설마 이정도일 줄이야…….

놈은 그런 적나라한 표정을 비친 후, 조심스레 바닥에 앉았다.

"이봐……. 우리를 인질로 잡아 봤자 아무런 소용이 없어. 모르겠어? 시간을 끌면 끌수록 삼황파는 결국 그쪽을 발견할 거야. 나라면 차라리 이럴 시간에 멀리 도망치겠어. 당신 같이 고강한 고수라면, 어디서든 신분을 감추고 잘 살 수 있을 거야."

"도망이라."

"천라지망(天羅地網)이 펼쳐졌다지만 그래도 허술한 곳

은 있어. 북쪽. 북쪽으로 가. 지금도 늦지 않았어. 당신 같은 고수라면 분명히 북쪽의 천라지망을 뚫을 수 있을 테니까."

본인이 현명하다고 생각하고 있을 놈을 생각하니, 참으로 가소로웠다.

북쪽으로 가라니. 본교의 교도들 중에 저 말을 믿을 사람이 얼마나 있을까. 막 본교에 입교한 소교들이라면 속아 넘어갔을 지도 모른다.

물론 북쪽에 가장 가까운 천지(泉地:오아시스)가 있고 그래서 길도 가장 잘 뚫려 있는 편이다. 하지만 그렇기에 도망치고자 한다면 가장 피해야할 곳이 바로 그쪽 방향이다.

내가 적이라면 북쪽을 먼저 봉쇄했을 테니까.

화르르륵.

불이 타오르는 기세가 더욱 강해지고 있었다. 본산 전체는 이제 하나의 거대한 불덩어리가 되어서 마지막 몸부림을 치고 있었다.

그쪽을 다시금 확인한 나는 얼굴이 구겨지는 걸 느꼈다.

이를테면 본진이 털렸다. 그 말인 즉, 본교는 내가 없는 사이에 벌어진 전쟁에서 완패하고 뿔뿔이 흩어졌다는 소리였다.

본교는 내가 없는 사이 시간이 흘렀다고 해서 이렇게 급

격히 무너질 만큼 약한 곳이 아니다. 도리어 분출해야 할 힘이 잠재되어 있는 강력한 곳이었다.

어떻게 이런 일이 있을 수가 있을까…….

황당함도 잠깐.

내가 사랑하는 사람들과 십만 교도들의 안위가 진심으로 걱정됐고 또 그만큼 분노가 일었다.

그때, 놈의 검병에 장신구처럼 묶어 놓은 매듭들을 발견했다.

내 생각이 맞다면 저것들은…….

끓어오르는 살의(殺意)가 이를 악물렸다. 나는 이 두 남녀의 여린 목을 바라보며 닭 목을 비틀 듯, 꺾어 버리는 상상을 했다.

잠자고 있는 줄만 알았던 흑천마검도 검명(劍鳴)을 토했다.

우우웅.

놈은 새파랗게 질린 여자를 돌아봤다.

너라도 뭔가를 해봐 좀!

하지만 남자의 소리 없는 아우성만 공허하게 흘러갈 뿐, 점혈당한 여자는 할 수 있는 게 아무것도 없었다. 그저 나를 노려보는 것 밖에.

쉬익.

나는 놈에게 손을 뻗었다.

놈은 몸을 흠칫하면서 반사적으로 반공(反攻)을 시도했다. 그건 놈의 의도라기 보단 상승 무공을 익히며 몸에 녹아든 근육의 기억 같은 것이었다.

놈은 첫 대면에서처럼 이번에도 날렵하고 경쾌하게 몸을 움직였다. 금빛 잉어가 물결을 뚫고 튀어 오르는 모습과 닮았다는 금리도천파(金鯉渡穿波)와 맥(脈)을 같이 하는 신법을 익힌 것 같았다.

내 손을 피해 뒤로 거리를 벌리면서 순간적으로 검도 뽑아 들었다.

쉬쉭. 쉬쉭. 쉬쉭!

놈은 세 가닥의 검기를 내뿜으며 내 접근을 차단하려 했다.

하지만 내 손짓 한 번에 남자의 검기는 연기처럼 흩어졌고, 그사이로 남은 한 팔을 뻗어 놈의 어깨를 움켜쥐었다.

"악!"

비명을 무시하고 놈의 검을 빼앗았다. 그런 다음 검병에 장신구로 주렁주렁 묶어 놓은 매듭들을 확인했다.

역시나, 그 매듭들은 본교의 십문혈운대(十門血雲隊)들이 가면을 묶을 때 쓰는 끈이었다.

놈이 검병에 묶어 놓은 가면 끈이 아홉 개.

이놈은 최소 아홉 명 이상의 십문혈운대를 죽이고, 십문혈운대의 가면 끈을 자랑스럽게 전리품으로 모아 놓았던 것이다.

나는 놈을 아무렇게나 던진 후에 검병에 묶인 가면 끈들을 풀었다.

십문혈운대는 사막에서 열 곳의 도시로 들어가는 비밀 관문을 지키는 최전방 수비대다. 십문혈운대는 모두 본교를 뜻하는 붉은색 가면을 쓰고 가면을 묶는 끈으로 소속을 표시한다.

그러니까 지금 내 손에 들린 이 청색 가면 끈은, 놈이 본산에서 동쪽에 위치한 적적(赤寂)시로 들어왔음을 뜻했다.

"죽림분진법(竹林雰陳法)은 어떻게 파훼했지?"

흑웅혈마를 따라 본교에 처음 들어갈 때 나는, 열 곳의 도시 중 적적시를 통해 들어갔었다. 적적시로 들어가기 위해 사막에 덩그러니 자리한 한 노점을 찾았고, 노점 안에서 기이한 진법을 통과했었던 기억이 있다.

"차라리 죽여라……."

놈은 동굴 벽에 부딪친 충격으로 바닥에서 꿈틀거리고 있었다.

"죽여 달라면."

내가 다가가려고 하자, 놈은 죽여 달라는 말과는 달리

뒤로 허겁지겁 기어가면서 황급한 목소리를 터트렸다.

"잠, 잠깐! 죽림분진법이라니?"

"네 놈은 사막에 세워진 노점 안으로 들어오지 않았더냐?"

최전방 방범 장치인 십시의 진들에는 혼심사문도의 수백 년 역학이 담겨 있다. 아무리 나라도 그 진형을 파훼하기는 쉽지 않을 것이다.

그렇다면 답은 하나, 본교에 배신자가 있었다는 소리다.

"그…… 그랬다."

"하면 누가 너희들을 안내했느냐? 그 간악한 배신자가 누구냐는 말이다."

"정, 정말 아무것도 모르는군. 우리를 살려 주겠다, 하늘에 대고 맹세한다면…… 그럼 내가 아는 모든 걸 알려 주겠어. 어? 어?"

"정말이지 아둔한 녀석이군."

드드득. 드득.

내 몸 안에서 뼈끼리 부딪치는 소리가 흘러나오기 시작했다.

"뭘…… 뭘 하는…….."

어깨를 움직여 상완근을 풀어주고 목을 돌려 척추에서 올라오는 연골들을 제대로 맞췄다. 입을 아에우에오, 형식으로 움직이면서 재구성되는 안면 골격을 느꼈다.

드득.

마지막으로 코뼈가 자리를 잡는 것으로 역용(易容)을 마쳤다.

놈이 새파랗게 질린 얼굴로 내 얼굴을 손가락으로 가리켰다.

"이익. 이 마두……."

"네놈 얼굴을 직접 보니 어떤가? 생각보다 못생긴 얼굴이지 않느냐."

내가 놈과 똑같은 모습으로 역용을 하였으니, 본인에게 닥칠 일을 모르지 않을 터.

놈은 입술을 질끈 깨물며 자리에서 일어나려 했다.

하지만 벌써부터 피 냄새를 맡은 흑천마검이 내 손아귀 안에서 부르르 떨리고 있었다.

푸욱.

놈의 심장 안으로 흑천마검을 찔러 넣었다. 그런 후에 여자 쪽으로 관심을 돌렸다.

여자는 눈물이 맺힌 눈동자로 모든 과정을 지켜보고 있었다. 그녀 또한 놈처럼 상승 무공을 익힌 흔적이 있었으나, 고등 교육을 받은 부잣집 아가씨와 다를 바 없었다. 심약(心弱)했다. 그래서 놈처럼 마지막 발악조차 생각하지 못하고, 몸을 바들바들 떨고 있었다.

"살려 주세요……."

여자는 점혈을 풀리자마자 애원했다.

"이름이 무엇이냐?"

"단목교영이예요."

"어디서 왔느냐?"

"서호(西湖) 호반(湖畔)에서 왔어요."

대륙 동쪽 끝에서 서쪽 끝까지 왔으니, 이 여자는 참으로도 먼 거리를 왔다.

나는 여자의 행색을 다시 살폈다. 여자는 마교 타격대에 있는 사람의 의복이라고는 볼 수 없는 비단, 그것도 왕족이나 입는 옥령(玉靈)상품의 비단으로 짠 옷을 입고 있었다.

서호 호반에서 온 단목씨에 최상급의 진귀한 비단으로 짠 옷이라.

단목세가의 여식인게 틀림없었다.

"조금 있으면 이십팔숙(二十八宿)이 너를 구해줄 거라 생각하는 구나."

단목세가에는 소림의 십팔나한승 만큼이나 명성이 자자한 고수들이 있다.

"그렇지 않아요."

공력을 끌어올려 후각을 키우자, 그녀의 몸에서 특이한 천리향(千里香)이 맡아졌다. 나는 피식 웃으며 고개를 끄덕였다.

"이십팔숙이 올 때까지 시간을 끌고 싶겠지?"

"절대 아니에요."

"내가 묻고 너는 대답할 것이다. 그러는 동안 너는 시간을 벌 수 있겠지. 하겠느냐?"

단목교영은 내 눈치를 살피며 쉽게 대답하지 못했다.

"세가의 여식이냐?"

"예."

"너는 왜 여기에 있느냐?"

"저는….."

"우물쭈물 하는 것은 용납하지 않겠다. 시간을 벌고 싶다면, 생각하지 말고 아는 대로 계속 말하는 게 좋겠지."

나는 죽어 있는 남자를 턱짓으로 가리켜 보였다. 그쪽을 흘깃 쳐다본 단목교영은 거의 외치다시피 큰 목소리로 말했다.

"저는! 저는 본가의 이십팔숙과 같이 왔어요."

"네 행색으로 보니, 너는 세가를 떠났을 때부터 승리를 확신하고 있었구나."

세가에서 여식까지 보낼 정도였다면 안전을 확신하고

있거나, 그만큼 총력을 다하고 있음을 뜻했다. 그러나 그녀의 복장은 총력을 다하는 사람의 복장이 절대 아니었다.

"대답!"

내가 공력을 실은 음성을 터트리자.

"아버지께서 그러셨어요. '너는 걱정할 것 없다. 가서 강호 동도들과 연을 쌓아라.' 라고."

놀란 그녀가 입을 열었다.

"왜지? 대답!"

"아버지는 말씀해 주시지 않았지만 그럴 것 같았어요. 사천에서 다시 대전이 있던 이후로 두 달이 지나도록, 혈마교주는 나타나지 않았어요. 세간의 소문이 사실이었단 거죠."

"세간의 소문?"

"혈마교주가 사라졌다. 혹은 죽었다."

"교좌가 비었다고 해서 어떻게 승리를 확신했었단 말이냐?"

나는 단목교영이 생각을 하지 못하도록 질문을 바로 이어나갔다.

"혈마교주는 일신(一身)으로 지난 정사대전을 승리로 이끌었어요. 하지만 이번에 그는 없고, 중원 무림에는 삼황(三皇)이 있었죠. 모두가 삼황의 신위를 의심했지만, 사천에서의 싸움은⋯⋯."

"대답!"

"삼황 중 한 분이신 검황께서 사천에서 보여주신 신위는 정말이지 대단했다고 해요. 검황께선 단신으로 혈마교 지부에 들어가 그곳에 있던 색목마괴(色目魔怪)를 붙잡으셨죠."

색목마괴?

"색목도왕은 어찌 되었느냐?"

"몰라요."

"검황은 누구냐?"

"몰라요."

"정사대전은 한 번 종결되었었다. 그 이후로 얼마나 흐른 것이냐?"

"몰라요⋯⋯."

단목교영이 부쩍 굳어진 얼굴로 나를 바라보며 빠르게 대답했다. 나는 그런 단목교영을 향해 피식 웃었다. 그녀가 연기를 제대로 했을 지라도, 이들은 나를 속일 수가 없다.

나는 몸을 돌리며 말했다.

"그럼 너희들은 잘 알고 있겠군!"

스르르.

동굴 입구 쪽에 숨어있던 검자(劒子) 스물여덟 명이 모습을 드러냈다.

*   *   *

단목세가의 이십팔숙.

젊은 사람 하나 없이 백전노장들로만 이루어진 단목세가의 검.

그들은 좀처럼 무림에 관여하지 않는데, 심지어 지난 정사대전 때에도 모습을 드러내지 않았던 그들이 동굴 입구를 막아서고 있었다.

"아가씨를 내놓지 못할까? 아가씨 괜찮으십니까?"

백발이 성성한 노인이 그들을 대표해서 나섰다. 노인의 음성에 담긴 공력을 고스란히 받은 나는, 중원에 알려진 이십팔숙의 명성이 헛된 것이 아니라는 것을 알 수 있었다. 뿐만 아니라 그의 뒤로 빼곡히 자리한 모두가 심후한 공력의 소유자들이었다.

속으로 감탄하면서 이십팔숙 한 명 한 명을 천천히 훑어봤다.

"아저씨! 저는 괜찮아요."

단목교령이 내 등 뒤에서 외쳤다.

"인두겁을 쓴 짐승이라 하나 일말의 인심(人心)이 남아 있을 터! 고인이 된 청 공자의 얼굴을 벗고, 정체를 밝히거라!"

"당신이 이십팔숙 중 일숙(一宿) 노원명. 맞소?"

가까스로 노인의 이름을 기억 해냈다. 교주 시절 흑웅혈마에게 가르침을 받아 중원의 중요 문파와 가문 그리고 그들의 무력 집단에 대해서 암기 했던 적이 있었기 때문이다.

"노부가 노원명이다! 노부의 이름을 알고 있다면 노부의 검명(劍名) 또한 알고 있을 터."

"진월검(辰月劍). 그렇지 않소?"

"잘 알고 있구나. 호된 꼴을 당하고 싶지 않거든 아가씨를 이리로 보내거라. 하면 내 하늘에 맹세코, 네 놈을 아니 본 것으로 하겠다. 아우들. 길을 터주시게들."

노원명이 뒤에 턱짓해 보였다. 그러자 그의 뒤에서 흉흉한 기세를 뿜고 있던 27인이 좌우로 나열해, 보란 듯이 나가는 길을 열었다.

"살려 주겠다, 이 말이다. 썩 아가씨를 내놓고 저 길로 사라지거라. 마두(魔頭)!"

"그렇게는 못하겠소이다. 단목가의 여식이야 내 알바 아니나, 이제는 당신들에게 볼일이 생겼으니 말이오오오오오……."

목소리가 메아리처럼 퍼져나가고 있는 그때, 나는 십성 공력으로 운용한 귀영보(鬼影步)로 그들을 스쳐지나갔다. 노원명을 비롯한 셋 정도 외에는 내 움직임을 눈치채지 못 했다. 그 셋마저도 눈치만 챘을 뿐 내 움직임을 저지하지 못했다.

이제는 내가 동굴 입구를 막고 있는 셈이 되었다.

"일숙!"

그렇게 외친 자는 중년인이지만 이들 중에는 막내였다. 그에게는 마치 내가 순간이동이라도 한 것처럼 보였을 게 다.

이십팔숙 전원이 내 쪽으로 몸을 돌렸고, 단목교령은 일 숙 노원명의 등 뒤로 뛰어왔다. 노원명은 단목교령을 다른 아우에게 맡긴 후에 다시 내 앞으로 걸어 나왔다.

그의 얼굴은 심각해져 있었다. 그럴 수밖에 없던 것이, 방금 전에 내가 보인 경공술은 극의에 달한 가공할 한 수 였기 때문이다.

"이보시오. 원명."

"용케도 그간 숨어 있었으렷다. 필시 마교의 거마(巨魔) 일 터. 정체가 무엇이냐……. 아니 되었다. 네가 무엇이든 살려두어서는 안 되겠구나."

"목숨을 걱정해야 할 것은 내가 아니라 당신들이오. 내 집에 침입해 식솔들을 죽이고 집을 불태운 건 당신들이오. 지금이라도 당신들의 죄를 묻고 싶다만 참고 있는 것이오. 묻는 말에 사실대로 고하면, 목숨만은 살려 주리다. 아가씨를 보호해야 하는 게 당신이 해야 할이지 않소? 원명."

"……네놈이 정녕 호된 꼴을 당해 봐야 정신을 차리겠구나. 아우들!"

스으읍!

노원명이 부르는 소리 한 번에, 이십팔숙의 기세가 똘똘 뭉친 살기 덩어리로 변했다.

"역시 이렇게 될 줄 알았소. 구명(求命)할 기회를 그리 쉽게 버리다니……."

나는 노원명이 지면을 박차는 모습을 보며 중얼거렸다. 동시에 28개의 인영(人影)이 시선에 가득 찼다.

이쪽 세상에 오면 이쪽 세상의 법칙에 따라야 하는 법, 실로 오래간만에 역대 혈마교주의 비전인 명왕단천공을 시전하리라 마음먹었다.

명왕단천공은 인간의 오감(五感)과 두뇌 활동을 극대화시켜 직관력을 키운다. 극의에 달한 직관력은 정보를 종합하여 목표한 바를 이룰 수 있는 가장 최선의 방법을 도출해낸다.

그래서 일정한 초식이 없다. 상대에 따라, 장소에 따라, 날씨에 따라, 목표에 따라 변하는 게 명왕단천공이다.

명왕단천공의 이미지가 머릿속에서 번쩍였다.

0.000001초도 안 되는 찰나의 순간에 펼쳐진 그 이미지들은 일종의 예지력 같은 초능력을 발휘한다.

"오거라."

불나방처럼 뛰어드는 28인을 향해 조용히 뇌까렸다.

*　　　*　　　*

"나를 상대로 그만하면 잘한 것이다."

나를 노려보면서 부르르 떨던 노원명은 결국 눈을 뒤집어 까면서 앞으로 쓰러졌다. 그가 이십팔숙 중 마지막 남은 사람이었다.

분명 이십팔숙은 맹공(猛攻)을 펼쳤다. 내 어깨에 진한 검상을 남길 정도로 사나웠던 공격임에는 틀림없었다. 그럼에도 불구하고 대다수가 목숨을 잃은 건 '상대를 잘못 만났을 뿐, 네가 약한 게 아니다.'라는 중원의 격언과 같다.

동굴 윗벽에서 흙부스러기들이 비처럼 우수수 쏟아져 내렸다. 조금만 싸움이 더 길어졌다면 동굴이 붕괴됐을 지도 모른다고 생각하면서 공력을 갈무리했다.

"원명."

나지막하게 이 노인의 이름을 불렀다. 그는 마지막 힘을 다해 팔을 움직였다. 그가 내 발목을 붙잡았는데, 어린아이라도 쉽게 뿌리 챌 수 있을 만큼 힘이 하나도 담겨 있지 않았다.

"아니……. 아가씨 만은니……."

내 발 밑에서 노원명의 신음소리가 올라왔다.

나는 단목교령을 향해 시선을 돌렸다. 어느새 동굴 구석으로 도망친 그녀는 그곳에서 사시나무처럼 떨면서 나를 괴물 보듯 쳐다보고 있었다.

"구명할 수 있는 기회를 버린 건, 너희들이다. 몇 가질 묻지."

그러면서 노원명의 정수리에 손을 올렸다. 약간의 공력을 전해주자 그는 조금이나마 혈색을 되찾을 수 있었다. 대화만 나눌 수 있는 상태, 딱 거기까지다.

기력을 조금이나마 되찾은 노원명은 가까스로 상체를 일으켜 벽에 기댔다.

"사실대로 고하면 앞서 말했던 대로 네 아가씨는 살려주겠다."

노원명은 참담한 얼굴로 고개를 끄덕였다.

"본교는 황궁과 휴전을 맺었었다. 황궁까지 개입했었던 정사대전은 그렇게 한 번 종결되었었지."

"폐⋯⋯폐관하고 있었던 것이오? 교주. 모두들 교주가 죽었다고 했었소."

노원명이 말했다. 멀리서 단목교령이 '교주'라는 소리를 듣고 고개를 번쩍 들었다. 노원명이 그런 단목교령을 불안하게 바라보면서 후우, 하고 한숨을 내쉬었다.

노원명의 숨결에 진기가 섞여 나온다. 진기가 빠져 나가고 있다는 것은, 그가 죽어가고 있음을 말해 주고 있었다.

"나를 알아보았군?"

"어찌 모르겠소."

노원명은 그의 아우들이 추풍낙엽(秋風落葉)처럼 쓰러지는 광경을 목격한 것뿐만 아니라, 나와 세 합을 겨누기까지 했다.

"정녕 아가씨를 살려 주시는 게요?"

"살려 주지."

"얼마나 흘렀느냐?"

"교주가 폐관했을 때는 언제였소?"

"휴전 협의 후 백 일이 지날 무렵 폐관하였다."

"그럼⋯⋯. 반년하고도 그쯤이 더 지났소."

"일 년 만에 본교가 무너졌다? 어찌 된 일이냐. 황군이 협정을 깨고 30만 대군을 움직였다하여도, 일 년 만에 무너질 본교가 아니다."

"삼황…….."

단목교령도 삼황을 이야기 했었다.

"삼황이라는 작자들에 대해선 들어 본적이 없거늘."

낮도깨비들처럼 갑자기 튀어나와 본교를 무너트렸다?

"교주뿐만이 아니오. 은거기인이라는 사람들이 다 그렇지 않소."

"은거기인이라. 정파맹이 무너지고 구파일방이 봉문 되고 있을 때도 나타나지 않았던 자들이 갑자기 나타났다? 그 말을 믿으라?"

내가 반문하자 노원명은 씁쓸하게 웃었다.

"혈마군이 사천 땅을 넘지만 않았어도 그 분들이 은거를 깨지도, 본가를 비롯한 유수한 문파와 가문들이 전선에 합류하지도 않았을 게요."

반년 간 무슨 일이 있었던 것일까. 지난 정사대전은 사천 땅을 경계로 서쪽을 본교가 통치하고 동쪽을 황제가 통치하는 것으로 마무리 지었다. 그런데 무슨 일이 있었기에 교주의 명도 없이 혈마군이 사천 땅을 넘었다는 것일까.

정사대전 당시 사천을 넘어 전선을 확대시키지 않은 이유는 정파 녀석들에게 본때를 보여주고 설아의 복수를 했기 때문이기도 하지만 다른 큰 이유가 하나 있었다.

사천 땅을 넘고자 하면 넘을 수는 있었다. 본교의 기세는 하늘을 찌를 듯하여 그때가 아니면 다시는 사천을 넘기 힘들 거라 생각한 사람들도 많았다. 그럼에도 불구하고 사천을 넘지 않은 건 사천 땅 너머에는 많은 변수가 있었기 때문이었다.

천하를 사천을 경계로 양분했지만, 따지고 보면 본교의 땅이 되었던 사천의 서쪽은 세외(世外) 지역이고 동쪽이야말로 그들이 말하는 중원 그 자체다. 그래서 황제도 아깝지만 거기까지는 내줄 수 있다는 생각으로 휴전 협정을 맺었던 것이다.

하지만 사천을 넘으면 말이 달라진다. 그때부터는 삼십만 정병을 지닌 황제와 중원에 터를 잡고 있든 모든 세력들과의 전면전을 피할 수가 없다.

그런데 내가 없는 사이에 본교의 군대가 사천 땅을 넘어?

색목도왕과 흑웅혈마는 대체 무엇을 하고 있었기에…….

"색목도왕은 어찌 되었느냐?"

"검황이 구금하고 있다는 것만 알고 있소. 어딘지는 모르오."

"흑웅혈마는?"

"십시(十市) 주민들을 이끌고 사막으로 숨었다고 들었소."

"들었다?"

"사흘. 우리 이십팔숙이 아가씨를 모시고 혈산에 온 지 그것밖에 되지 않았소. 그때는 모든 게 끝나 있었소. 그렇지 않고서야 우리가 왜 아가씨를 모시고 왔겠소? 아니 그렇소?"

"모든 게 끝나? 본교의 오당오문(五堂五門), 사귀사마(四鬼四魔), 십만혈마군(十萬血魔軍) 모두가 패하고 사막 속으로 뿔뿔이 흩어졌다는 말이냐?"

"그렇다 들었소."

본교가 지닌 무력이 얼마큼이나 강성했는지 그 누구보다 잘 아는 나는, 지금 돌아가고 있는 상황이 도무지 납득되지 않았다.

"교주가 일신의 무공으로 정사대전을 종결시켰듯, 황마대전은 삼황이 종결시킨 거요. 교주 당신은 모르겠지만……. 교주가 폐관을 하고 있던 동안 많은 일들이 있었소."

"삼황이라 하면 세 명이겠군."

"그렇소."

"검(劍), 봉(棒), 비(飛), 이렇게 삼황이오."

쿨럭!

노원명은 거기까지 말하고 거무튀튀한 죽은피를 한 움큼 토했다.

"아……아가……씨는, 살……살려 두……시오."

보아하니 그에게 남은 시간이 얼마 없다고 생각했다.

"지……금…… 하산 하면…… 교주의 주민들을 구……할……수 있을 게요…… 아가씨는…… 살려 주시는……거요……. 지금……가면……. 지금……."

말이 끝나기 무섭게, 노원명은 내가 공력을 불어 넣어주기 직전처럼 눈을 뒤집어 까며 옆으로 쓰러졌다. 그에게서 더 이상 진기가 느껴지지 않았다.

나는 쭈그리고 있던 무릎을 피고 자리에서 일어섰다. 그러자 단목교령이 흠칫 놀라며 꿀꺽 소리가 나도록 침을 삼켰다.

—죽여.

그때, 계속 조용했던 흑천마검의 목소리가 머릿속으로 들렸다.

—뭘 망설이는 거냐. 애송이. 당분간은 네 놈이 돌아왔다는 걸 감추는 게 좋을 텐데? 이 세상이 어떻게 돌아가는지는 파악해야 할 거 아냐?

"쉿."

—죽여. 저 계집은 살려두면 교주가 돌아왔다고 동네방
네 소리치고 다닐 계집이야. 네 놈도 그렇게 생각하잖아.
그냥 죽여. 크크크. 살인멸구(殺人滅口)하라고. 애송이. 어
떻게 돌아가는 상황인지 알 때까지는 돌아왔다는 걸 숨겨
야지. 안 그래?

흑천마검의 말이 맞다.

*   *   *

중원 무림, 정확히는 정파 무림의 말에 따르자면 마교의
무공은 악랄하기 짝이 없고 마도들은 하나 같이 인면수심
(人面獸心)의 간악한 자 뿐이다,라는 것이다. 하지만 본교
가 그들에게 마도(魔道)라고 배척 받는 이유는 따지고 보면
현실적인 이유가 크다.

중원에는 두 개의 나라가 존재한다. 양지(陽地)에 대륙을
통치 하는 황제의 나라가 있고 음지(陰地)에 중원 무림이
있다.

본교는 이미 본교 자체만으로 경제적으로나 군사적으로
나 일국의 위치에 있다지만 중원 무림은 그렇지 않다. 하
나로 단결해야 황제와 본교로부터 그들의 위상을 지킬 수

있는 것이며, 또 그렇게 하나로 단결 할 필요성을 언제나 가지고 있었다.

그러나 본교와는 달리 각 지역 마다 고유색을 가진 가문과 문파들 수를 헤아릴 수 없을 만큼 많아, 조그마한 일에도 갈등이 생기고 커져 나간다. 그런 갈등의 해소 방법이 바로 밖으로 시선을 돌리는 것이었고, 그래서 내부적으로 큰 갈등이 있을 때마다 정사대전이라는 전쟁을 유발시켰다.

본교를 악(惡)으로 규정하고 큰 전쟁을 일으키면 내부 갈등은 어김없이 사라지곤 했다. 그런 연유로 지난 수백 년 간 본교와 정파 무림 사이에 전쟁이 그치질 않았다.

크고 작은 전쟁이 수백 년 간 지속되는 가운데에서도 본교는 단 한 번도 본산에 침입을 받은 적이 없었다.

본교의 군사력은 일국의 수준이었고 정파 무림은 전부 단결해도 그 정도 수준은 되지 않았던 것이다. 그런데 바로 지금, 내가 교주 위(位)를 맡았을 때 참담한 일이 일어나고 말았다.

세 명의 기인이 은거를 깨고 내려왔다는 이유만으로 본교가 무너지기에는, 본교는 본래 가진 힘이 엄청났다.

필시 다른 이유가 있다.

다른 이유가…….

그것을 알아내려면 내가 돌아왔다는 것을 알리기보단, 정파 무림으로부터 내 신분을 감추고 그간 돌아간 전황들을 세밀히 살펴야 한다.

—고민할게 뭐 있어. 애송이. 인간의 성별이 대업보다 중요한가?

죽은 자는 말이 없다. 단목교령을 이 자리에서 함구(緘口) 시키려면 흑천마검의 말에 따르는 게 쉽다.

하지만 세상일을 쉬운 방법으로만 가려 했다면, 저쪽 세상에서 나는 이미 미 대통령을 죽이고 백악관을 점거했을 거다.

"사흘 전에 왔다? 모든 게 끝났을 때?"

내가 물었다.

단목교령은 차마 나를 바라보지 못하고, 고개를 숙인채로만 그렇다고 대답했다.

"살…… 살려 주세요."

"내가 왜 그리 해야 하지?"

"교주께서는 일숙……과 약조 하셨어요."

"마인들의 대종사인 내가 약조를 지키리라 생각했느냐? 원명 또한 그리 생각하지 않을 것이다."

"우리 단목세가는 보급을 지원한 것 외에는, 직접적으로 나선 적이 없어요. 제 검에는 그리고 이십팔숙의 검에는 마교도들의 피가 묻지 않았어요. 정말이에요."

"저 놈과 같이 전리품을 모으지 않았다는 말인게냐?"

단목교령은 죽은 남자를 흘깃 쳐다봤다. 정확히는 남자의 검병에 묶인 가면 끈들을 바라봤다. 단목교령이 힘차게 고개를 저었다.

—이십팔숙이란 것들이 계집을 지키려다 죽었는데도. 봐라. 슬퍼하는 기색 하나 없이 제 목숨만 걱정하고 있을 뿐이다. 죽여.

나는 흑천마검의 목소리를 무시하고 단목교령 앞에 흑천마검을 들이밀었다.

"내가 누구인지 알면 이것이 무엇인지도 알겠지. 대답해라."

"흑……흑천마검…… 마교의 신물이여요."

단목교령이 거의 울듯이 말했다. 아직도 울음을 터트리지 않고, 어떻게든 정신을 붙잡고 있는 그녀가 가상하게까지 느껴졌다.

"이것이 그러는구나. 너를 살려둘 이유가 하나도 없다고 말이다."

"아, 아녜요."

단목교령은 살 수 있는 마지막 기회라는 것을 알아차린 것 같았다. 그녀가 느낀 대로 나는 그녀의 대답 여하에 따라서 흑천마검을 그어 내릴 준비가 되어 있었다.

"교주께서 청 소협 행세를 하신다면…… 소녀가 도움이
될 수 있어요. 청 소협은 소녀를 사모해 말하지 않아도 될
많은 것들까지 전부 알려주었답니다."

단목교령이 죽은 남자를 흘깃 쳐다보면서 계속 말했다.

"교주께서는 흩어진 교도들을 모으고 역습을 준비 하실
테죠? 청 소협의 아비는 삼황파 결사대인 마참대(魔斬隊)
의 수장이여요. 청 소협은 당연히 마참대 소속이고요. 마
참대 안에서라면 교주께서 폐관하시느라 알지 못했던 많
은 것들 알 수 있을 거여요. 소녀가 도울게요. 청 소협이
되실 수 있도록."

단목교령의 눈에는 어느새 눈물이 지워져 있었다. 그 자
리를 대신한 건 삶에 대한 강한 집념이었다.

─영악한 계집이다. 머리 굴리는 소리가 여기까지 들리
는 군. 저렇게까지 필사적인데 한번 지켜보는 것도 재미있
겠어. 크크크.

흑천마검의 검병이 손아귀에서 부르르 떨렸다.

"마참대라……."

나는 그렇게 중얼거리다 단목교령을 점혈했다. 그런 다
음 흑천마검에 공력을 주입했다.

저쪽 세상으로 가겠다는 이미지를 전달하자, 눈앞의 세

상이 어김없이 느려졌다.

쌰악!

저쪽 세상으로 가기 직전의 광경이 변한 것 없이 고스란히 펼쳐졌다. 계단 위로 보이는 탄약고도 정상, 핵미사일들을 담고 있던 보관 장치들도 흑천마검이 건들었던 그대로 정상.

—여기는 또 왜? 그 사이에 피곤해 진거냐?

흑천마검이 말했다.

"확인할게 있잖아. 이쪽 세상도 저쪽 세상처럼 멈추지 않고 시간이 흘러가버린다면……"

—그때는 어떻게 할 거지? 애송이. 넌 어느 세상을 택할까? 난 이쪽 세상이 더 마음에 드는데. 크크큭. 백운신검, 그 계집을 찾아야 하는 게 더 우선이긴 하지만.

이쪽 세상과 저쪽 세상.

양자 택일의 순간이 온다면 나는……

골치 아픈 문제다.

"그건 그때 고민하기로 하고,"

지금 이 순간에도 저쪽 세상의 시간이 돌아가고 있기에, 행동을 서둘렀다.

항모에서 나와 저택으로 돌아갔다.

팀과 알렉스가 해안가에 서서 내가 돌아오길 기다리고 있었다.

"사탕 같은 것 있지?"

평소에 사탕을 즐기는 팀이 호주머니에서 낱개 포장이 된 사탕 하나를 꺼냈다.

"더 드릴까요?"

팀은 내가 사탕을 찾는 게 재미있는지, 평소보다 더 밝게 웃었다.

"하나면 됐다. 나는 할 일이 있으니 너희 둘은 각자 할 일들을 하거라. 알렉스. 팀. 너희 둘 시계를 빌리자."

둘이 손목시계를 벗어 내게 건넸다. 팀과 알렉스는 내가 뜬금없이 그들의 시계를 빌려, 하나는 손에 쥐고 하나는 바닥에 내려놓자 의아한 표정을 지었다.

쏴악!
쏴악!

일정한 시간을 두고 이쪽 세상과 저쪽 세상을 수차례 오가며 만족스런 결과를 확인 할 수 있었다.

하나. 현실은 중원과는 달리 내가 중원으로 넘어가도 여전히 시간이 흐르지 않고 멈춰 있다.

둘. 내가 현실에 있을 때 중원의 시간 흐름은 1:1 로 작용 한다. 현실에서 오 분을 보내면 중원의 시간도 오 분이 흐른다.

실험 결과는 내가 중원에 집중해도 현실에 탈이 없음을 말해주고 있었다. 만약 둘 모두 시간이 똑같이 흐른다면 나는 꽤나 혼란스러웠을 것이다. 하지만 다행히 그럴 일은 없었다.

탁.

나는 탄지(彈指)를 튕겨 단목교령의 점혈을 풀었다. 그녀는 휘둥그레진 눈을 빠르게 깜박여댔다. 내가 그녀의 바로 앞에서 나타났다 사라지길 수차례 반복했기 때문이었다.

"원명이 그러더군. 지금 하산 하면 본교의 주민들을 구할 수 있을 거라고. 그게 무슨 말이냐?"

단목교령이 멍하니 있다가 정신을 퍼뜩 차리며 입을 열었다.

"마인들을 처형을 한다고…… 마참대가 화형(火刑)을 준비하고 있어요."

단목교령은 거기까지 말하고 내 눈치를 살폈다. 그녀의 우려대로 나는 얼굴이 벌게질 만큼 분노가 치밀어 올랐다.

"십시 주민들을 화형 한다는 것이냐?"

"예……"

단목교령이 기어들어가는 듯한 목소리로 말했다.

"악인들은 너희들이구나! 그건 학살이다!"

십시 주민들 중 무공을 익힌 사람은 거의 남자들뿐이고, 대반수의 아녀자와 아이들은 무공을 익히지 않은 비(非) 무림인이다.

순간적으로 터져 나온 공력이 기풍의 형식으로 쏟아져 나왔다. 단목교령의 머리칼과 의복이 휘날리기 시작했다. 그녀는 인사를 하다시피 허리를 굽힌 자세로 오들오들 떨었다.

나는 이를 악물며 마음을 가라앉혔다. 호주머니에서 사탕을 꺼내 포장지를 뜯었다. 그것을 단목교령에게 내밀었다.

"먹어라."

투명한 구슬 같이 생긴 사탕은 보기에는 예쁘기 그지없었다. 그리고 오렌지의 달콤한 향까지 나고 있었지만, 그걸 바라보는 단목교령의 눈동자에는 두려움만이 가득했다.

"삼켜라."

단목교령은 어쩔 수 없이 사탕을 입에 물었다. 의외의 달콤한 맛에 그녀의 눈이 번뜩였다. 하지만 차마 삼키지 못하다가 나의 위압적인 호령에 꿀꺽 삼켜 넘겼다.

"맛이 어떤가?"

"달아요."

대답과는 달리, 절대 먹어서는 안 될 극독을 먹는 것처럼 그녀의 얼굴이 절망적으로 변했다.

"만악독문(萬惡毒門)의 심혈이 담긴 극독이니, 그 맛이 오죽할까."

"만, 만악독문!"

"어떤 방법으로도 독성을 느낄 수 없다. 그래서 나 외에는 너를 해독 시켜줄 고수는 이 중원에 누구도 없다 할 것이다. 독의 효과는 굳이 말하지 않겠으나, 네 주제를 알고 본분에 충실하면 목숨을 잃지는 않을 것이다. 알겠느냐? 교령."

"예……"

단목교령은 사탕을 삼킨 것에 불과하지만 그것을 알 리가 없었다.

"저 자의 신상에 대해서 아는 대로 말해 보거라."

죽어 있는 남자를 가리켰다.

"이름은 자운. 양극진인의 진전을 이은 관문제자(關文弟子) 청일연 대협의 손자이자, 마참대 대주 청제우 대협의 차남이여요."

나는 단목교령의 말을 들으며 죽은 자운의 옷으로 바꿔 입기 시작했다.

"계속."

"약관(弱冠)에서 한해를 더 지냈고, 형제는 위로 장남인 청위지 소협이 있어요. 항주 위강에 본가가 있고, 사일십 육검법과 양극심법이 항주 청가(靑家)의 가문 비전이여요. 사일십육검법은 육성(六成)을 완성으로 하는데, 청 소협은 소녀에게 그의 형과 같은 수준인 삼성 수준까지 터득 하였 다고 자랑 하곤 했어요."

"이놈과 너는 항시 붙어 있었는가?"

청자운이 입고 있던 옷으로 완전히 갈아입었다.

"예……"

"같은 항주 출신으로 가문끼리 왕래가 있었던 사이 같 군. 혼약이라도 한 것인가?"

"그런 건 아니지만……"

진행 중이었군.

"그쯤 하면 됐다. 어차피 이놈의 탈은 오래 쓰게 못 되 니."

"예?"

나는 대답 하지 않고 청자운이 썼던 검집을 주워들었다.

허공섭물의 수법으로 검을 검집에 집어넣었다. 검병에

전리품으로 묶여 있던 교도들의 가면 끈은 풀어서 불태웠고, 흑천마검은 내가 입고 왔던 바지를 잘라 감싸 등에 맸다.

마지막으로 놈의 가죽신까지 신었다.

준비가 끝났다.

나를 멍하니 바라보고 있던 단목교령이 조심스럽게 다가왔다.

"청 소협의 모습 그대로예요. 누구도 의심치 않을 거예요."

─살려고 아주 애를 쓰는군. 나중에 자기가 삼킨 게 독이 아니라 사탕이란 걸 알면 어떤 표정을 지을까? 키키, 키킥.

"화형을 준비한다던 그곳으로 앞장서거라."

차갑게 내뱉었다.

*　　　*　　　*

중원을 떠나온 건 굳이 따지자면 2년 정도 밖에 되지 않는다. 하지만 곳곳에 걸려 있는 삼황파 깃발들을 보면서 주변을 보는 눈이 이전과 달라졌음을 새삼 실감 했다.

전의 나였으면 '없애야 할 적이 다시 생겼군.' 정도로 생각했을 거다. 그땐 정파를 본교의 라이벌적인 관계로만 치중해서 보았지, 그들을 이익을 위해 모인 유착 집단이라는 관점으로는 깊게 생각하지 않았다.

정도맹을 지우자 정의맹이 탄생했고, 정의맹을 지우자 삼황파가 탄생했다. 삼황파에 복수를 해도 또 다른 이름의 결맹이 탄생할 것이다.

그건 현실이나 중원이나, 우리 사람들이 사는 곳이라면 어디에든지 존재하는 '기득권자'들 때문이다. 기득권자들은 그들의 기득권을 지키기 위해서라면 무엇이든 할 수 있는 자들이다.

정(正)과 사(邪)는 기득권을 지키기 위해 입고 있는 색깔일 뿐인 것이지, 인성이나 성향 같은 가치관적인 문제가 아닌 것이다. 현실이나 중원이나 결국 똑같다.

무한히 반복 되어온 무림 전쟁을 끝내기 위해선 누군가 질서를 개편해야 한다.

그 방법으로는 두 가지가 있다.

기존의 기득권자들을 끌어안을 비전으로 모두를 포용하거나, 아니면 그들을 완전 뿌리 끝까지 말살(抹殺)해 버리는 것이다.

나는 이를 갈면서 본산을 올려다봤다. 활활 불타고 있는 본산을 바라보고 있노라면 억장이 무너져 내리는 것 같아,

금방 시선이 돌려졌다.

"청 아우!"

산에서 거의 내려왔을 무렵, 청 두건을 두른 젊은 남자가 이 몸의 이름을 부르며 뛰어왔다.

—청성파 문주의 셋째 아들 이갈휘여요. 청 소협과는 전(前) 정사대전 이후에 생긴 '복룡(復龍)'이라는 젊은 신진 고수들의 협회를 통해 동무로 지내고 있어요. 청 소협은 이갈휘를 이 형, 이라고 불러요.

단목교령의 전음이 머릿속에서 울렸다.

"이 형."

"한참을 찾았잖아. 화마식(火魔式)에 늦으면 안 되지. 소저도 화마식에 관심이 있으시다면 우리랑 같이 가시지요."

"저는……."

단목 교령이 내 눈치를 살피며 말꼬리를 흐렸다.

"소저도 참. 내 그리 화마식에 대해 설명하지 않았소. 화마식은 정의로운 것이오."

이갈휘는 화마식, 이라는 단어를 입에 담을 때마다 묘한 집념 같은 것을 보였다.

"저것들은 짐승보다도 못한 것들이외다. 화마식은 지상의 더러운 것을 없애는 정화(淨化)의 일종인 것이오. 정사대전에서 저것들이 얼마나 짐승 같았는지, 수많은 동도들이 어떻게 죽였었는지 잊지 마시오. 소저."

이갈휘는 단목교령에게 따끔하게 일갈했다. 묘한 집념이라고 느꼈던 것은 본교를 향한 강한 증오였다.

—모……, 모두가 화마식에 찬성 하는 건 아니에요……저도 그건 너무하다고 생각했어요.

단목 교령의 안색이 새파래졌다.

"소저. 혹 몸이 안 좋으시오?"

"그, 그런 것 같아요."

"아우. 소저를 잘 챙겨줘야지. 그럼 소저는 막사로 돌아가 있으시오."

"아니에요. 정파 동도라면 당연히 화마식에는 참석해야죠."

"그러시오. 오래 걸리진 않을 거요."

이갈휘가 씩 웃으며 따라오라는 눈빛을 보냈다. 그가 앞장서서 걸었다.

—청성파의 삼남이라고 하였지?

오래된 꿈처럼 흐릿한 기억 속에서 평원에서 있었던 전투를 끄집어냈다.

옥제황월이 끌어당긴 그곳에는 청성과 개방의 고수들이 포진해 있었다. 그들이 나를 포위해 공격 했는데, 그때 나는 흑천마검과 일체를 이룬 상태였다.

결과는 뻔했다.

선두에 있던 청성과 개방의 고수를 처리 한 뒤, 후미에 있던 무당, 소림, 화산, 종남, 철고산의 오행진도 파훼했다.

—정사대전에서 목숨을 잃은 청성육협에는 이갈휘의 두 형이 속해 있었어요. 그래서 지금은 이갈휘가 차기 장문인으로 청성의 진전을 잇고 있어요.

단목 교령이 안절부절 하면서 설명했다. 그러니까 이 갈휘는 정사대전에서 죽은 두 형 때문에 극도의 증오감을 품고 있는 상태란 것이었다.

사람은 대게 본인의 기준으로만 주위를 본다. 설아가 어떻게 죽었는지, 정사대전이 왜 발발했고, 전사한 본교의 교도수가 얼마나 되는지는 이갈휘에게 보이지 않았다. 그가 생각하는 것이라곤 오로지 그의 두 형을 죽인 혈마교를 향한 복수와 마도인들에 대한 증오뿐이다.

이갈휘의 뒤를 따라 가면서 이 몸에게 아는 체를 해오는 사람들을 많이 만났다. 뿐만 아니라 낮이 익은 자도 봤다.

종남파 문주, 진일객(鎭日客) 왕유.

정사대전에서 참전했던 구파일방 중 문주와 같은 지도자가 직접 제자들을 이끌고 나온 곳은 당시에 오행진으로 마지막까지 반격을 꽤했던 화산, 무당, 종남이었다.

죽은 화산, 무당의 장문인과는 달리, 그는 운이 좋았던 모양이다.

다른 장문인들에 비해 유한 인상의 소유자였기에 기억에 남아있었다. 그런데 오늘 본 그는 판이하게 다른 인상으로 바뀌어져 있었다. 두 눈엔 살기라고 표현해도 좋을 독기가 가득했다.

주변에 있던 정파 무림인들 또한 그를 가까이하기 꺼려하는 것처럼 보였다.

"설마 아우도 단목 소저처럼 화마식을 불편하게 생각하고 있는 아니겠지?"

문득 이갈휘가 이 몸을 돌아보며 물었다.

─하나 더 말씀드리자면 이갈휘는 복룡회 외에도 정화회(淨化會)라는 협회에서도 활동 하고 있어요. 청 소협을 정화회에 끌어 들이려고 하는데, 청 소협은 정화회가 너무 거칠다며 피하고 있는 중이고요. 그리고 청 소협은 이갈휘를 편하게 대했어요. 마치 친형제처럼요. 말 하는 것도……

"그럴 리가 있겠어."

나는 속으로는 이를 갈았지만 내색하지 않고 짧게 대답했다.

"그나저나 아우도 원정대에 자원할거지?"

녀석이 당연하다는 듯이 물었다.

—교……교주님이 죽었다는 소문도 있지만, 요근래에는 서역에 있다는 소문도 퍼지고 있어요. 원정대는 서역에 있을 혈마교주를 쫓는 추살대로 정화회에서 추진하는 일이여요.

"아버지가 허락하시면."

나는 이 몸의 아비가 참마대주라는 것을 떠올렸다.

"설마 아니 하시리라고? 나도 구파일방의 사람이지만 지금의 구파일방은 너무 몸을 사려. 복수를 외치면서도 정작 제 목숨들만 걱정하면서 나서려는 협객(俠客)이 없어. 원흉은 혈마교주야. 그 마종(魔種)을 잡지 않고선 아무런 의미가 없어. 안 그렇소? 소저?"

"그, 그래요."

"소저. 땀까지 흘리는데 정말 몸이 안 좋은 것 같소."

그러면서도 녀석은 단목 교령에게 막사에 들어가 쉬라는 말 따윈 하진 않았다.

"구파일방이 조심하는 건…… 지난 정사대전에서 구파일방의 피해가 너무 크기 때문이에요."

"웃기는 소리요. 마종을 두려워하는 것이지. 내가 저 거지들을 왜 상대할 가치조차 없는 것들이라 하는지 모르겠구려?"

이갈휘는 옆으로 고개를 돌렸다. 녀석의 시선이 닿은 곳에는 다른 곳들과 마찬가지로 막사들이 빼곡히 자리 잡고 있었다. 다만 그 막사의 주인들은 다른 막사 주인들과는 달리 의복이 남루 하고, 몰골이 더럽기 짝이 없다는 게 달랐다.

또한 수도 적었다.

"내가 허물없이 대해줬더니 하루는 그러더이다. 혈산을 정복한 것으로 만족해야지 서역에 숨어 있는 마종을 구태여 자극할 필요까지는 없다고. 그래서 왜 그러냐고 물으니. 마종이 나서면 피바람이 불거라는 거요. 그게 무슨 소리겠소? 우리가 사막을 넘으면서 마인과 혈마군과 싸웠던 건 피바람이 아니었단 소리요? 저것들은 근본부터가 거렁뱅이요. 이미 전황이 달라졌거늘, 지난 패배를 잊지 못하고 벌벌 떠는 겁쟁이들이요."

"…… 개방뿐만이 아니에요. 사실이 그래요. 정사대전에 참전했던 많은 일가와 문파들은 혈마를 두려워하잖아요."

"우리 청성도 많은 걸 잃었소. 그런데 내가 저들과 같소?"

"이 소협께선 전쟁을 겪지 않으셨지만, 저기에 계신 개방 분들은 그 참혹했던 전쟁을 겪고도 살아 남으셨던 분들이여요."

"소저! 지금 날……!"

이갈휘가 무서운 눈으로 단목교령을 노려봤다. 단목교령이 성이 다르지만 않았다면 금방이라도 칼을 빼들어 결투를 청할 얼굴이었다.

"이 형. 화마식은 멀었어?"

내가 물었다.

이갈휘는 흥, 하고 뜨거운 콧바람을 뿜은 뒤 발걸음을 옮겼다.

이십 여분을 걷는 동안 막사는 꾸준히 이어지며 나타났다. 지어진 막사들은 일만여 명이 주둔할 수 있을 만큼 많았다. 그런데 재미있게도 막사 앞에서는 각 가문과 연합 그리고 문파들의 깃발은 보이지 않았다. 오로지 삼황파 깃발만 내세우고 있었다.

좋은 쪽으로 말하자면 삼황파가 이들의 강력한 구심점이라는 것을 뜻했고, 나쁜 쪽으로는 각 가문과 문파들이 상황에 따라 전선에서 이탈할 여지를 은연중에 드러내고 있다는 것을 뜻했다.

본산을 점령한 지금까지도 말이다.

이윽고 정파무림인들이 모여 있는 곳에 가까워졌다.

본산에서 멀리 떨어진 외딴 사막.

그곳에 온 정파 무림인들은 지나쳐오면서 봤던 많은 이들을 생각했을 때, 소수에 불과했다. 눈으로 세어봤을 때 정확히 백 명을 조금 넘는다.

어떤 상황인지 대번에 감이 잡혔다.

삼황파의 깃발아래 모였다지만 워낙에 많은 곳에서 다양한 사람이 모인 이상, 내부적으로 파벌이 여러 개가 존재할 수밖에 없었을 것이다. 즉, 화형식에 모인 이들은 수많은 파벌 중 하나인 정화회의 일원들이고, 정화회는 마도 척결을 위해서라면 무슨 일이든 할 수 있는 극(極) 강경파적 성향을 가진 모임인 것 같다.

우리는 그들 사이를 비집고 들어갔다. 그리고 나는 눈앞에 펼쳐진 광경에 할 말을 잃어 버렸다.

"……."

산처럼 쌓아둔 탈 것들 너머로 사람들이 보였다. 십시주민들은 모래바람 때문에 남녀노소 불문하고 두터운 두건과 피풍의(皮風衣)를 착용한다. 그래서 서로를 부둥켜안은 채 공포에 질려있는 저 사람들이, 십시 주민들이라는 것은 한 치의 의심도 할 일이 없는 일이었다.

나를 경악케 한 것은 화형 시킬 주민들에는 어린아이들까지도 포함되어 있다는 것이었다. 모두 무공을 할 줄 모르는지 탈 것들을 뛰어넘을 생각을 못하고 제 아이들만 품

안에 안고 있었다.

어느새 주먹 쥔 팔 전체가 부르르 떨리고 있다는 걸 느꼈다.

나는 큰 호흡으로 마음을 진정시키며 이갈휘에게 물었다.

"이백 명 쯤 되어 보이네."

"흑웅혈마, 그 마두가 모두 이끌고 사막으로 숨어버렸으니까. 그런데도 승리에 취해 있는 꼴이란……. 그게 겁쟁이들의 한계지. 흥. 사막에서 전부 뒤지라지."

그러면서 이갈휘는 단목교령을 안 좋게 쳐다봤다.

"그래도 어린아이들까지 너무해요."

단목교령이 나를 의식해서인지 그렇게 말했다. 그러자 주변의 시선이 그녀에게 쏠렸다.

"편한 소리 하고 있군. 대의(大義)를 위해서란 걸 모르는가? 댁에서 무엇을 배운 게냐."

누군가 다가와 단목교령에게 가르치듯 말했다.

그 또한 이갈휘와 종남파 문주 진일객과 같은 눈을 하고 있었다. 주변을 돌아보니 자리한 백여 명 이 대부분 그렇다.

애초에 이 화형식에 반대하는 자들은 참석하지 않았을 테니까.

"동도 여러분! 정화회 협객 여러분!"

심후한 공력이 담긴 목소리와 함께 단상 위로 한 사람이 뛰어 올랐다.

종남파 문주, 진일객 왕유였다.

소란스러웠던 주변이 일순간 조용해졌다. 모두가 그에게 집중하기 시작했다. 구파일방이라면 겁쟁이라고 치를 떨던 이갈휘 또한 진일객을 존경어린 시선으로 바라봤다.

보아하니 진일객은 이 자리에 모인 이들, 극 강경파의 수장 위치에 있는 것 같았다.

"역시 동도들 대부분이 참석하지 않았소이다! 허나 실망들 하지 마시오. 그리고 그들을 손가락질 하지 마시오. 오늘 우리의 정화의식으로 하여금 지금까지도 깨어있지 못한 동도들에게 경종(警鐘)을 울릴 것이니 말이오. 오늘의 화마식은 그 시작에 불과하외다! 불을 가져오시게!"

진일객의 음성이 쩌렁쩌렁 울렸다. 그를 올려다보는 주변 무인들은 나와는 다른 의미로 주먹을 불끈 쥐고 있었다.

화악.

진일객이 장포를 걷어 부치며 앞으로 손을 뻗었다. 젊은 고수 한 명이 횃불을 들고 걸어 나갔다. 진일객이 그것을 받아 들어 십시 주민들이 모인 곳으로 향하기 시작했다.

탈 것들 너머에 있는 십시 주민들에게 향한 진일객의 눈빛에는 어떠한 자비도 없었다. 어린아이도 늙은 노인도 그에게는 전부 태워 없애야 할 존재에 불과했다.

그건 비단 진일객 뿐만이 아니다.

"죽어라! 죽어라!"

자리한 모두가 똑같이 광기 어린 얼굴들로 그렇게 외치기 시작했다.

진일객은 걸어간 그대로 탈 것들에 불을 붙일 생각이었던 것 같다. 이윽고 겹겹이 쌓인 목재 위로 횃불이 던져졌다.

그때, 칼날같이 날카로운 바람 한줄기가 관중들 사이를 스치고 지나갔다. 횃불은 탈 것에 떨어지기 전에 불이 꺼지고 말았다.

진일객은 물론이고 관중들은 바람이 불어온 진원지를 쳐다봤다. 그들 모두 무공 고수였기에 그 바람이 자연적인 것이 아니라 기풍이 라는 것을 알아 차렸던 것이다.

"청 아우. 무슨 짓을?"

이갈휘가 이 몸에게 물었고.

"이 고얀 녀석! 너는 참마대주의 자제가 아니더냐!"

진일객의 노한 음성이 폭발했다.

드드드득. 뚝. 드드득.

몇 번을 들어도 전혀 익숙해지지 않는 불편한 소리가 이 몸 곳곳에서 나기 시작했다. 허리가 한 번 꺾이면서 키가 자라고, 목이 한 번 비틀어지면서 얼굴 골격이 바뀌었다.

이런 변화 과정을 가장 가까이서 보고 있는 사람은 이갈휘였다. 역용이 풀리는 과정이 지속될수록, 녀석의 얼굴도 황망하게 구겨졌다. 본래 내 모습으로 완전히 돌아온 나는 이갈휘를 쓰윽 내려다봤다.

쉬익.

"이런 음흉한 역용이라니!"

이갈휘가 나와 눈이 마주치기 무섭게 발검했다. 그리고는 내 가슴에 목을 향하며 일직선으로 뻗어왔다.

파앙!

나는 그것보다 빠르게 녀석의 가슴에 일장을 먹였다.

십이양공의 공력이 녀석의 가슴에 충돌하는 순간, 공력의 뻘건 파장이 주변으로 뻗쳤다.

녀석이 피를 토하며 뒤로 날아가는 모습을 마지막으로, 나는 탈 것들 위로 가볍게 뛰어 올랐다. 내가 지나온 허공에 형용된 공력의 흔적이 붉은 궤적으로 남았다. 모두의 시선이 궤적을 따라 움직였다.

"넌……. 넌……."

진일객이 말을 더듬으며 나를 손가락으로 가리켰다.

자리한 고수 모두가 각자의 병장기를 빼어들며 내게 뛰
어드려는 그 순간.

　"교주님! 교주님이시다! 교주님이 오셨다아아아!"

　십시 주민들 중에 내 얼굴을 알아본 몇이 소리를 질렀
다.

다음 권에서 계속